ВАДИМ ЗЕЛАНД

О ЧЕМ НЕ СКАЗАЛА ТАФТИ

Санкт–Петербург
Издательская группа «Весь»
2019

УДК 159.9
ББК 86.30
348

Дизайн обложки *Ирины Новиковой*
Фотограф *Мария Тайкова*
Визажист *Галина Желенкова*

Зеланд В.
348 О чем не сказала Тафти. — СПб.: ИГ «Весь», 2019. — 240 с.
ISBN 978-5-9573-3466-8

Эта книга посвящена ответам на многочисленные вопросы по книге «*Тафти жрица*», которая уже стала культовой. Культовой, потому что техники Тафти работают настолько мощно, что буквально ошеломляют читателей. Здесь же даются тому подтверждения — реальные отзывы о Тафти. Например, такой…

Мария Евланова
Это просто сумасшествие какое-то! Я настолько сильного эффекта не ожидала! Во-первых, книга написана настолько понятно — алгоритмами. Не нужно делать конспекты. Во-вторых, действует намного сильнее. Трансерфинг начал менять жизнь через четыре года, задавание же реальности действует каждый раз в течение дня, и все сильнее. У меня просто уже крышу сносит.

УДК 159.9
ББК 86.30

Тематика: Эзотерика / Эзотерические учения

Все права защищены. Никакая часть данной книги не может быть воспроизведена в какой бы то ни было форме без письменного разрешения владельцев авторских прав.

ISBN 978-5-9573-3466-8   © ОАО «Издательская группа «Весь», 2019

СОДЕРЖАНИЕ

Косица 1	4
Косица 2	22
Косица 3	38
Экраны	49
Внимание	56
Реализация 1	65
Реализация 2	83
Манекен	96
Отношения	104
Светлячки	123
Дети	129
Деньги	136
Миссия	144
Сила	155
Социофобия	169
Питание	181
Разное	199
Жрица Хетпет	216
Подарок Тафти	220
Приложение	224

КОСИЦА 1

«Как только наступает необходимость „подсветить" надвигающийся кадр, в голове появляется образ, далее я повторяю словами и подкрепляю все это приятными ощущениями».

Сначала надо активировать косицу, а потом на экране уже рисовать образ или проговаривать в мыслях. Такой порядок.

«Насколько важен вопрос веры в то, что подсвечиваешь? Не то чтобы я сомневаюсь в своих желаниях, но иногда, в зависимости от настроения, такие мысли приходят в голову».

Вера придет потом. Сначала делайте. Тафти потому и рекомендует практиковаться почаще. Во-первых, косицу развивать, а во-вторых, прошивку, ментальный шаблон менять. Когда многократно проверите, что косица работает, тогда и поверите.

«Скажите, есть ли техника безопасности или рекомендации при работе с косицей? Что можно, а что нельзя?»

Подробнее о косице читайте в главе «Косица с потоками». Когда только определяете свою косицу, возникают разные ощущения — у многих свои. Могут быть временные дискомфортные ощущения, но они вскоре уходят. Ничего такого страшного, чтобы говорить о технике безопасности, пока замечено не было.

«Стоит ли активировать косицу во время молитвы? Или сила молитвы не нуждается в усилении с помощью косицы?»

Не мне об этом судить, у меня нет духовного сана. Но мне кажется, если вы обращаетесь к Богу, Он вас и так услышит. А вот если обращаетесь к реальности, точнее — намереваетесь ее изменить, тогда косица значительно усилит ваше намерение.

«У меня две проблемы: не могу долго сосредоточенно представлять свою цель и представить косицу. Если есть алгоритм — напишите».

Долго представлять свою цель нет необходимости. Техника косицы рассчитана на короткие моменты сосредоточения на целевом кадре. О том, как представить косицу, читайте подробней в главе «Косица с потоками».

«Вопрос: при подсвечивании кадра, цели, нужно подсвечивать только один кадр или можно один, второй, третий? Ведь жизнь многогранна, хочется и того, и того, и третьего, и десятого...»

Если вы уже мастер по косице, можете подсвечивать хоть десять кадров в одном сеансе с косицей.

И если способны сосредоточиться на всех этих кадрах, пока держите косицу. И еще, что немаловажно, все эти кадры **не должны противоречить друг другу**. Вообще любые ваши кадры не должны входить в противоречие между собой.

Лучше на один сеанс с косицей тратить только один кадр. Так и надежней, и путаницы не возникнет. Остальные кадры — тоже отдельно в течение дня. Можно по нескольку раз подсвечивать разные кадры поодиночке, главное — систематически.

«Вопрос, возможно, часто повторяющийся, но он такой: я не чувствую косицу, не понимаю, когда ее включить. Ни физически, ни энергетически ее не ощущаю, но когда пробую делать легкие мелочи: сесть в автобусе на определенное место, получить что-то... — все работает. При этом, повторюсь, момента включения косицы не происходит! Или мне так думается... Я не напрягаюсь, не напрягаю мышцы, может не стоит ждать какого-то тепла или энергии между лопаток и просто представлять, что она там есть?! Техника великолепная! Очень хочу разобраться!»

Если не чувствуете косицу, значит, либо вообще не чувствуете свою энергетику, либо косица у вас сильно атрофирована. То, что не используется, атрофируется, подобно мышцам. Ее надо развивать постоянными упражнениями. Поработайте с энергиями, как это описано в главе «Косица с потоками».

Предположим, она у вас атрофирована, но это не значит, что на простейших вещах она не будет работать. Достаточно обратить внимание на место между лопатками, даже если ничего не чувствуете, и подсветить кадр. Этого будет достаточно. В книге «Жрица Итфат» **сама жрица поначалу тоже не чувствовала никакой косицы**.

Придет время, косица у вас разовьется, и вы сможете ею манипулировать так же легко, как рукой, и тогда сможете творить более сложные вещи.

«Что делать, если не удается достичь явственного ощущения косицы или ее кончика, можно ли в этом случае просто визуализировать косицу (пытаясь все же поймать ощущение)? Будет ли в этом случае эффект?»

Матильде из книги «Жрица Итфат» тоже не удавалось добиться явственного ощущения косицы. Она чувствовала некое томление за спиной, что можно интерпретировать по-разному. Матильда вовсе не ощущала свою косицу именно как косицу, торчащую из затылка и поднимающуюся при ее активации. У нее был посредник — ее бантик, который заставлял ее обращать внимание за спину, — только и всего. Стоило ей обратить внимание на бантик (заметьте, не на косицу), как у нее все получалось. И у вас получится.

Но визуализировать косицу и пытаться поймать это ощущение — разумеется и обязательно стоит. Она себя проявит **в том или ином виде**, тогда сами почувствуете и поймете, что она такое.

«Нарисуйте примерную схему косицы, какая она и где расположена».

Схема расположения косицы вам не только ничего не даст, но может и помешать, потому что это субъективное ощущение, у каждого свое. **Просто нужно ощутить, что там за лопатками что-то есть.** Если ощущение повторяется от раза к разу, значит оно истинное.

Какое — неважно. Ощущения в других местах, в солнечном сплетении, например, — это не те ощущения. Косица располагается за лопатками. Если будете ломать голову, где именно и как именно, ничего не выйдет. Не напрягайтесь сильно. Ощутите, что за лопатками у вас что-то есть, затем, не отпуская этого ощущения, представьте спереди, на своем внутреннем экране, или в мыслях, в словах, желаемый кадр. Это просто: ощутили, сосредоточились на минуту или даже меньше, зафиксировали кадр и сбросили ощущение.

«Представьте первоклассников № 1 и № 2. № 1 учится решать трудные задачи самостоятельно, на это у него уходит больше времени. У № 2 есть волшебная палочка, которая помогает ему решать задачи быстро, не прилагая усилий. В 11-м классе у № 1 есть опыт, знания, он умеет решать все задачи, умеет многое. Если у № 2 отнять палочку, выходит, что он так и остался на уровне первоклассника. Получается, нет роста и развития. Не понимайте буквально, так, приблизительная картина, не критика. Метод Тафти — волшебная палочка? Избегание препятствий?»

Вы, наверное, хотите сказать, что школьник, который использует косицу, может ничего не учить? Или так же сдавать экзамены без подготовки? Но это так не работает. Косица — не волшебная палочка. Она лишь помогает выйти на киноленту, где будет легкий билет или знакомая задача. А без учебы все равно не обойтись. Как не обойтись спортсмену без тренировок. На соревнованиях или экзаменах бывают неблагоприятные ситуации. Так вот, косица позволяет перейти на ту киноленту, где эти ситуации благоприятны, и все проходит гладко. Так называемые чудеса случаются в простейших случаях.

В более сложных ситуациях придется потрудиться, как с косицей, так и с физическими усилиями.

> «С косицей ничего не получается, уже начинаю сомневаться, правда ли все это... Вроде делаю все правильно, представляю, что сзади на уровне лопаток что-то есть вроде косицы, и с этим образом на внутреннем экране включаю желаемое и удерживаю около минуты. В случаях, когда это делаю перед событиями, которые могут развиться в ту или другую сторону, статистика 50/50, не говорит ни о чем. Если просто представляю событие, которое хочу реализовать, — пока не сбылось ничего, хотя довольно часто повторяю технику. Что не так делаю? Ощущений особых нет, просто как бы притворяюсь, что косица есть».

Все должно получаться. Если не получается, на то имеются три причины. 1. Косица очень слабо развита, надо чаще практиковаться. 2. Прилагаете усилия. Усилия нужны, чтобы поднять штангу. Если с таким же усердием работать с косицей, тоже ничего не выйдет.

Обратите внимание, если вы очень стараетесь, напрягаетесь и мышцы у вас напрягаются, значит, работает внутреннее намерение. Внешнее же намерение — оно не ваше, потому так и названо. Для него требуется не напряжение, а «шевеление мизинцем». **Вы лишь притворяетесь, что намереваетесь что-то сделать сами.** Но ведь вы не можете сами освободить место на парковке. Внешнее намерение — может. А для этого ему нужен лишь ваш мизинец — косица. Косица — это ваша «обманка» для внешнего намерения.

Внутренним намерением вы действуете спереди. А косица находится сзади. Так вы создаете иллюзию для внешнего намерения, что действие выполняете не вы, а **оно само делается. Внешнее намерение — это когда дело делается само, помимо вас.** Вы лишь намекаете на то, что нужно сделать. Поэтому и говорится «вы ни при чем». Сами же, исподтишка посылаете внешнему намерению **намек**, что надо сделать.

И, наконец, третья причина — ваша прошивка, улиточный домик, шаблон. Ментальный шаблон о том, что вы не способны задавать реальность. Практикуйтесь почаще, не обращая особого внимания на неудачи, а когда придет удача, фиксируйте ее мыслемаркером. Вот здесь, когда придут подтверждения, что сработало, уже требуется усердие. Смакуйте свой мыслемаркер с упорством, удовлетворением и удовольствием. Для всего остального — с косицей или другими принципами — требуется **легкость и непринужденность**.

«Как прочел — сразу давай применять, ну и дня два все получалось, да-да!!! Я, конечно, в восторге был, поскольку сижу без работы, и денег позарез надо было раздобыть, а здесь трюк с косицей сработал, даже „срабатывал" целых два дня, и в мелочах везло и вообще. Потом — все, как отрезало, и до сих пор ничего не выходит, все делаю по инструкции, как полагается. Почему в первые два дня, когда прочел книгу, все получалось, а теперь никак? Я сам еще на бирже торгую, валютами, так вот, пробовал делать так, чтобы с помощью косицы и намерения переходить в новый кадр, где цена идет туда, куда мне надо, — и я, соответственно, получаю прибыль на бирже (все это мысленно, визуально). Не выходит почему-то, даже наоборот, цена идет в другую сторону, и я получаю убыток. Может, есть какие-то ограничения в этой технике?»

Ограничение здесь одно — кинолента должна быть ваша и кадр ваш, где вы — центральная фигура, имеющая успех, а остальные персонажи, как массовка, на заднем плане. Если же вы включаете в кадр людей, которые находятся на других кинолентах, вряд ли что получится. На людей вы влиять не можете. (Ну, можете, конечно, НЛП, манипуляции всякие, но это не наша история.) На сценарий, «куда двинется цена», тоже не можете.

На бирже еще трудней. Там не вы одни, там целая орава таких же, как вы, которые хотят получить прибыль. И у каждого человека там свой сценарий — у кого-то разбогатеть, у кого-то разориться. Слишком сложно переместиться на нужную вам киноленту, если при этом задействовано много людей. Даже не для вас сложно — для реальности.

Для вас ступором послужил какой-то негативный мыслемаркер. Косица не дает стопроцентного результата (лишь высокую степень вероятности), особенно если, повторяю, в «деле» задействовано много чьих-то интересов. **Нельзя сосредотачиваться на неудачах**. Их надо игнорировать, как «побочный эффект».

Что следует делать вам. Если ваша задача — игра на бирже, задавайте кадр максимально проще. Например, не так, как вы формулируете: «цена идет в ту или другую сторону», а **конечный результат:** вы получаете прибыль.

Так же и в казино, например, надо задавать не тот кадр, что шар выпадет на ваш номер, а **самый конечный кадр:** вы получаете деньги в кассе. Не стоит задавать и сумму. Просто получаете деньги, а уж «сколько дадут» — это уже сложный вопрос, потому что в казино столько людей-кинолент перепутано, что реальности будет трудно разобраться.

И еще один момент. Такую реальность (особенно с деньгами) нужно задавать заранее и многократно. Везение сразу — это редкость. Не стоит думать, что вот утром вы проснулись, задали реальность и у вас все получится сразу. Нет, здесь требуется систематическая работа с косицей, причем непринужденная, без напряженного ожидания. **Easy come — easy go.** А вот с мыслемаркерами успеха постарайтесь — зафиксируйте четко в своем шаблоне: что работает, что можете, что способны.

Но вообще, я бы очень не советовал играть в казино, на бирже и в прочие азартные игры. Не потому, что это невозможно. А потому, что вам трудно будет удерживать безупречность, которая необходима в таких играх. Ту безупречность, о которой я говорил выше.

«Существуют ли какие-то упражнения для тренировки косицы?»

Сначала нужно прочувствовать косицу. Подробней об этом в главе «Косица с потоками». Как она будет ощущаться — сами узнаете, у многих по-разному, индивидуально. А единственное упражнение для тренировки косицы — это регулярная подсветка ваших целевых кадров.

«Последнее время стал замечать, что загаданное косицей событие воплощается во сне. Если загаданное косицей событие сбывается во сне, это значит, что заказ выполнен, или он все равно исполнится в моей реальности?»

Зависит от того, насколько решительно вы настроены, насколько серьезно относитесь к заданию реальности, насколько верите в то, что это возможно. Насторожило ваше слово: «загаданное», вместо «заданное».

Нужно не загадывать, а задавать. **Не возмечтать, а вознамериться.** Итфат и Матильда в книге иногда говорили: «Я так решила, и точка». Это интенсивный способ задания реальности, когда собирается вся решимость и выплескивается в одно непоколебимое намерение.

Но можно и более спокойно задавать реальность, без напряжения, без воли даже. Нужно только верить, а точнее знать, что это работает. Такая спокойная **вера**, в виде знания, **приходит с практикой**. Нужно почаще задавать реальность, от простейших событий до больших целей. По мере того как будете получать все новые подтверждения, придет и **вера как знание**. Ментальная прошивка сменится.

«Как осуществлять более сложные цели? Все так же рисовать отрешенно и беспристрастно картинки, увязывая их с косицей?»

Необязательно отрешенно и беспристрастно. Если вам нравится кадр, который вы подсвечиваете, можете включаться эмоционально. Например: «Я качаюсь в кресле-качалке у своего камина в своем доме». Можете активировать косицу и доставить себе удовольствие, представляя данный кадр.

Или с полной решимостью задавать: «Я так решил, и точка. У меня это будет». **Спокойно, но с полнейшей решимостью.**

Главное, чтобы в момент подсветки кадра не присутствовали эмоции, создающие избыточный потенциал, такие как вожделение, страх поражения, сомнения. Если уж взялись за дело, сомнения следует отбросить. Действовать надо. А сомнения уже в прошлом оставить. Посомневались, посомневались, а потом собрались и задали реальность в один момент со всей спокойной решимостью.

В остальном сложные цели достигаются так же, как и простые, только времени больше требуется и систематической работы по техникам достижения целей. Это и подсветка кадра, и задание отражения. **Вы должны не только задавать свою цель косицей, но и жить в состоянии, будто эта цель уже достигнута.**

«Скажите, пожалуйста, косица и точка сборки — это одно и то же или нет?»

Не одно и то же. Когда косица активируется, ее кончик попадает в точку сборки. Но знать об этом необязательно. Никто точно и не знает, как устроено наше энергоинформационное поле. Даже физическая анатомия не до конца изучена.

«Если сплести косицу из волос, она чем-то поможет?»

Нет, ничем не поможет.

«Возможно ли такое, что если я левша, то у меня может работать намерение наоборот, ну то есть в зеркальном порядке и противоположное моему заказу?»

Левша вы или правша — это без разницы. Никак не влияет.

«Вопрос по практике: во время техник „Стакан воды" и „Генератор намерения" имеет ли смысл одновременно включать косицу? Или лучше разделять эти вещи?»

Включать косицу вместе с данными техниками не имеет смысла. Каждая техника работает по-своему. Для достижения цели хорошо и эффективно будет использовать все три техники: генератор, стакан, косицу. Только порознь. Я так говорю не потому, что нельзя или невозможно. Все можно и возможно. Но так будет проще для вас.

«Почему не всегда получается активировать косицу? От чего это зависит? И еще, когда у меня получается ее активировать, я ощущаю ее между лопаток, но почему-то у меня и в солнечном сплетении идет какое-то чувство, какое бывает при волнении, например, хотя я в этот момент совершенно спокойна».

Не у всех сразу получается. Тем, кто никогда не работал с энергиями, требуется немного практики. Косицу, а также умение с ней обращаться, нужно развивать. Читайте главу «Косица с потоками». Ощущения в солнечном сплетении — ложные. Они должны пройти. Не обращайте на них внимания, сосредоточьтесь на косице. **Косица за спиной, за лопатками.**

«К концу дня обнаруживаю, что весь день почти спала и алгоритм использовала очень мало. И это было для меня открытием, никакая я не осознанная, я просто обычная спящая! Работаю над этим теперь!
Вопрос: когда активирую косицу, замечаю за собой, что на меня находит сонливость, я начинаю зевать... Прям хочется закрыть глаза, залечь спать на пару часов. Странное состояние, в чем дело? С энергией в обычном режиме у меня все нормально, я высыпаюсь, правильно питаюсь, имеется приличная физическая активность».

Сонливость — это признак того, что в вашем энергетическом теле происходят изменения — что-то дополняется, корректируется. Многие из тех, кто впервые начинает заниматься энергетическими практиками, испытывают при этом сонливость. А работа с косицей, особенно когда она используется совместно с потоками, — это энергетическая практика.

«Вопрос по косице: не могу визуально представить ее, расшифруйте точнее вашу фразу „под наклоном к спине" — это как? Я правильно понимаю, что если я, допустим, подниму немного руку вперед, так и косица поднимается, только с точностью в противоположную сторону?»

Да, правильно понимаете. А как еще понимать фразу «под наклоном»? Такой вопрос многие задают. Вы будто иностранцы, не знаете значения слов. Найдите девушку с косой, возьмитесь за кончик и отклоните косу немного назад, под углом к спине. Понимаете, что такое под наклоном?

Однако косицу не обязательно представлять именно как косицу. **Просто обратите внимание, что там у вас за спиной, за лопатками.**

Если ничего не чувствуете, тогда сделайте вдох и вообразите, будто за спиной у вас вертикально свисает стрелка от затылка до лопаток. Просто стрелка, как вектор. Теперь сделайте выдох и представьте, что стрелка повернулась так, что встала под наклоном к спине.

Если же и сейчас ничего не чувствуете, тогда попробуйте инициировать ощущение, вызвать его намеренно. Начните потихоньку, медленно вдыхать воздух через нос и одновременно ощутите, как за лопатками у вас что-то поднимается или вздымается. Вот это и будет косица. Сделайте выдох и отодвиньте ее еще немного назад — **на выдохе она активируется лучше.**

Если косица плохо ощущается, тогда вам придется немного поработать с ней, поупражняться с ощущениями за лопатками на вдохе и выдохе. Инициируйте сами данные ощущения, как можете, как получится, и косица в конце концов **проснется.** Желательно приучить себя активировать ее **на активном выдохе.**

«У меня есть такая особенность — полное отсутствие способности визуализировать. То есть я не могу, например, зрительно вспомнить какое-то событие. Ученые выявили такое отклонение и назвали его „афантазия". Всего этим страдают 6% людей на земном шаре. Что с этим делать?»

Если визуализация получается плохо или вообще не получается, используйте для подсветки кадра мыслеформы. Это тоже работает. В книге «Проектор отдельной реальности» приведено много практически полезных, работающих мыслеформ.

«Боюсь показаться смешным или очень глупым, но объясните мне, пожалуйста, каким концом косицы подсвечивается намерение — тем, что обращен к лопаткам, или противоположным, обращенным в обратную от лопаток сторону?»

Какая вам разница, каким концом и где этот конец? Необходимо и достаточно просто одного лишь ощущения косицы, больше вам ничего не нужно знать.

* * *

Успехи читателей

Алексей Никольский

«Рассказываю, как я научился чувствовать косицу за один день. У меня есть жетон армейский, я его ношу на цепочке на шее. И я все думал, как мне научиться чувствовать и обращать внимание на ощущения в спине. И придумал. Я взял этот жетон и закинул его с груди за спину, и он оказался как раз между лопаток. Он достаточно тяжеленький такой, и я чувствовал его и постоянно вспоминал, что за спиной что-то есть. В тот же день задавал некие события небольшие, которые в течение часа реализовывались. Потом я жетончик снял, но ощущение присутствия чего-то между лопаток осталось».

Александр Радченко

«А в моем случае эти ощущения надо было не возле лопаток ловить, а подальше, где-то 60–70 см от спины, пошло тепло, вибрации, и в таком режиме действительно намного легче и эффективней визуализировать».

Наталия Жаркова

«Делюсь своими ощущениями косицы. Сначала ничего не было за спиной, пока не прочитала книгу „Жрица Итфат". И было найдено нужное определение. Томление в области лопаток».

@thewinnertakesitall83

«Тафти, БлагоДарю Тебя! Читаю и понимаю, что вижу полностью свое восприятие реальности и те способы, которыми я пользуюсь на протяжении всей жизни! Мои родственники с детства называли меня инопланетянкой, так как я постоянно, возможно на подсознательном уровне, могла подстраивать свою реальность под себя. Да и про косицу (раньше это был „мой канатик") я всем рассказывала лет с трех, а окружающие не могли это нормально воспринимать. Теперь понимаю — они в спячке, а я всегда была и есть пробужденная. А вот с недавних пор все мои возможности выстроились в четкое знание того, кто я есть в этом мире».

Алена Багаутдинова

«С момента покупки книги никак не могла сладить с косицей. Все как-то не ощущала. Внимание в центр возвращала, а толку ноль. Но решила не сдаваться. Две недели были ни так ни сяк. А вчера что-то поменялось. Я поняла, что совсем не обязательно зацикливаться на том, что должно быть какое-то ощущение. Решила не заморачиваться с покалыванием, теплом и прочими штуками тактильного характера. Главное, делать — и всё. Так я и поступила.

Выезжая из дома, заказала себе парковочное место у фитнес-центра. Передумала три варианта, где лучше машину ставить. В результате свободны были все три, а то, на котором я почти остановила свое решение — там вообще два места рядом пустовали. Параллельно задней мыслью подумала, что хорошо бы наконец гитару продать, два года висит на Авито. В тот же день звонок — мы завтра приедем посмотреть инструмент. В результате сегодня купили. Я сделала для себя вывод.

1. Концентрация на задаваемом кадре должна быть как вспышка, короткой и яркой;
2. Мысль о целевом кадре запускается в формате „хорошо бы";
3. Неважно образ, аффирмация или ощущение — работает все, если выполнить предыдущие два пункта.

И самое главное, если не получается — не сдаваться. Навык придет, это просто вопрос времени.

И кстати, при короткой вспышке образа важность не успевает дозреть — очень интересный эффект. Мозг как бы не догоняет, соответственно, не создает концепций на тему, насколько это нужно и вообще возможно. Косица — потрясающая штука!»

Георгий Башарин

«Сегодня случилось что-то странное из-за косицы. Я хотел покурить. Когда шел домой, впереди появились четыре человека. Почти все пьяные. Я решил активировать косицу. Сперва, когда они подошли, один поздоровался со мной и пожелал удачи. Потом девушка остановила и поделилась сигаретой».

Евгений Домоседов

«Запускал косицу и представлял, как работаю над чем-то очень интересным. Через два дня начали поступать предложения с невероятными условиями».

Маргарита Иваницкая

«А я чувствую кончик косицы напротив копчика. Будто она выходит из зоны между лопаток и свисает до копчика, а кончик светится. И всегда-всегда там, когда я начинаю о ней думать. Вчера представляла кончик косицы, когда сидела в зубоврачебном кресле и удаляла зуб мудрости, представляла, что все будет хорошо, хотя удаление было сложным. Врач сказал, что после анестезии будет сильно болеть это место и обязательно пропить обезболивающее дня два-три. Я лекарства не пью, поэтому купила на всякий случай, а пить не стала. Сегодня утром встала, как ничего и не удаляли... Ничего не болит совершенно!!!»

Яна Усманова

«Что касается практики, мне удобнее ощущать „томление за спиной", а также представлять, что намерение запускаю из-за спины и подсвечиваю им конечный кадр. В этот момент сомнения практически отсутствуют, этим и замечательна новая техника. Уже раза три повлияла на надвигающийся кадр, так и настроение повышается само собой».

Вика Томина

«Знаете, неделю назад я косицу не чувствовала, даже сейчас точно не скажу, что прям чувствую. Когда задавала реальность, просыпалась, внимание на спину, и мысленно оттопыривала какой-то кончик. Задавала реальность неделю, ничего не происходило, **но потом будто прорвало**, мои кадры переходят в реальность».

Анна Рукавичкина

«Косица работает, возникла проблема со здоровьем у ребенка, мы в приемное отделение, оттуда нас на скорой в областную больницу, всю дорогу включала косицу и крутила картинку, что у сына все хорошо, он здоров. Подъезжая к больнице, мой сын мне тихо сказал: „Мама, все прошло", врач нас осмотрел и сказал, что действительно все обошлось, нас отпустили домой».

Радость Счастливая

«Поделюсь своими наблюдениями. Во время активации косицы меня „будоражит" сзади с головы до талии. А после того, как косицу включила и потоки запустила — полностью по всему телу идут волны чего-то приятного. Может, это и есть то самое томление, о котором говорит Матильда? Эти мои ощущения словно расходятся от меня во все стороны, как круги по воде. И вот как-то раз, когда я уже отпустила косицу, а ощущения все еще продолжали играть, я подумала (даже, скорее, пожелала) о своей работе. Так вот! Намерение, которое попало в эти „круги по воде", сработало в ближайшие дни».

КОСИЦА 2

«Описываемая в книге „Жрица Итфат" практика жрицы со вскидыванием рук до уровня плеч и манипуляцией с движочком-рычажочком и задней мыслью — работает только в метареальности или эту же практику можно взять на вооружение и в нашей реальности?»

Конечно, все это работает, только в метареальности реализуется мгновенно, а в реальности с некоторой задержкой, в зависимости от сложности цели.

«Что за магическое действие выполняет Итфат для исполнения желаний, наклоняясь, а затем распрямляясь и вскидывая руки до уровня плеч? Что это, новая техника или усилитель намерения?»

Это один из способов активации косицы. Попробуйте сделать то же движение: слегка наклониться, а затем на выдохе быстро распрямиться, одновременно сгибая руки в локтях до плеч. Обратите внимание, возникают ли ощущения за лопатками.

«Мне не удается поймать ощущение косицы на расстоянии от спины. Когда я представляю косицу — все как по книге, у меня почему-то появляется легкое нудящее ощущение именно между лопаток, не на расстоянии. Как будто спина ноет после трудового дня, хотя именно между лопаток. Может, так и должно быть?»

Не обязательно чувствовать косицу на расстоянии. Если вы за спиной или на спине **поймали какое-то ощущение, и оно повторяется от раза к разу,** значит, для вас будет работать данное ощущение. У многих косица проявляет себя индивидуально, по-всякому.

«Я чувствую косицу сзади на шее. Может ли так быть?»

Ощущения должны быть **за спиной на уровне лопаток.** В других местах — ложные ощущения.

«В каком виде представлять косицу? Имеется в виду коса из волос? Можно представлять в этом виде?»

Ни в каком виде не представлять. Косицу надо ощущать как получается.

«Если я верно поняла из ваших книг, вы не делаете акцент на остановке внутреннего диалога (монолога) при выполнении практик Трансерфинга. И говорите, что нет никакой необходимости освобождать разум от мыслей, а достаточно выбирать нужные мысли для реализации цели. Но не ускорим ли мы реализацию нужной цели, если будем визуализировать ее, проговаривать во внутренней тишине? В этом случае заданной мыслеформе не будет мешать наша постоянная болтовня ума».

Вы же не можете постоянно находиться в состоянии внутренней тишины? Да и зачем это нужно? Техника косицы заключается в том, чтобы на несколько мгновений сосредоточиться и держать в экране и/или в мыслях только целевой кадр. При такой сосредоточенности остальные мысли и так отбрасываются.

«Когда проходит некоторое время после активации косицы, у меня слегка чешется место между лопатками».

Это сопутствующее ощущение, оно должно пройти.

«У меня одна проблема, долгоиграющая, — материальный достаток. Как лучше использовать косицу и зеркало в этом случае?»

На такой вопрос коротко не ответишь. Мне — слишком о многом надо сказать, а вам — сделать. Вы же не думаете, что деньги просто так свалятся с неба, даже с косицей? Иногда, по мелочам, они действительно сваливаются, но для достижения устойчивого достатка нужно еще потрудиться.

Следует завести себе «Проектор отдельной реальности» и поработать с ним. Там все подробно расписано, что и как делать. Далее, не переставая заниматься с «Проектором», вы используете косицу во время прокрутки мыслеформ и подсветки целевых кадров. А принцип задания отражения используете для создания виртуальной реальности, в которой вы — очень обеспеченный человек.

В результате такой вот комплексной практики ваша реальность начнет меняться. Вам будут предложены возможности (откроются какие-то двери). Ваша задача — осознанно наблюдать за реальностью, чтобы эти возможности не пропустить мимо своего внимания.

«Как лучше использовать косицу для достижения долгосрочных целей (дом, квартира)?»

Как обычно, систематически подсвечивать кадр, где вы живете в своем доме. Но не только с косицей работать. Желательно использовать все техники Тафти, в комплексе, тогда и жизнь в целом налаживается, и цель достигается быстрее.

«Когда я концентрирую осознанное внимание между лопаток на спине, мне хочется глубоко вздохнуть, что я и делаю, а также бегут мурашки по коже. Так и должно быть? Получается ощутить косицу. Но мне представляется на конце косицы видеокамера, из которой выходит луч и как бы выдает кино (мысли мои) в будущее. Так ли нужно пользоваться косицей?»

Мурашки по коже — это сопутствующее ощущение, оно пройдет. Нужно сосредоточиться только на самой косице. Никакие «видеокамеры» на косицу навешивать не надо. Это излишние сложности. Ощущение должно быть простым. Просто **поймайте ощущение за лопатками**, какое у вас появляется, и **закрепите его практикой** — подсвечивайте нужные вам кадры регулярно, систематически.

«Абсолютно не получается ничего почувствовать за спиной. Никаких ощущений. Даже маршрутку задать не получается. Как все-таки почувствовать косицу?»

Косицу не ощущаете, потому что никогда не занимались энергетическими практиками. Вообще не чувствуете свою энергетику. Поработайте с ощущениями восходящих и нисходящих потоков энергии, как описано в главе «Косица с потоками». Поработайте с энергетическими практиками, описанными в главе «Генератор намерения» в книге «Апокрифический Трансерфинг».

«У меня сомнение по поводу косицы намерения, так как я чувствую за спиной не совсем косицу, которая выходит из нее, а просто присутствие чего-то, находящееся на небольшом расстоянии от позвоночника, где-то между лопатками. Я думаю, что это все-таки она».

Да, это она. Именно **присутствие чего-то**, а вовсе не обязательно косица, как мы ее представляем.

«Я не могу понять, где у меня косица, не чувствую ее».

Если никогда не работали со своей энергетикой, можете сразу не почувствовать косицу. Прочитайте главу «Косица с потоками» из книги «Тафти жрица», а также главу «Генератор намерения» из книги «Апокрифический Трансерфинг». Поработайте со своей энергией, как описано в этих главах.

«Чтобы ощутить косицу, нужно настроить свое подсознание на нее? Можно ли в голове представлять себя от третьего лица, „вид со спины" и визуализировать косицу?»

Вы хотите сказать о себе «у него сзади косица»? Нет, так не пойдет. Вы — это вы, а не он. Вы должны говорить: «Я это Я, и у меня косица». А подсознание здесь ни при чем. Вам нужно поймать ощущение, не обязательно именно косицы, просто некое ощущение за лопатками.

«У меня не всегда получается чувствовать косицу. Сложнее всего, когда я горблюсь, или сижу, прижавшись к поверхности, или лежу на спине. Скажите, пожалуйста, с чем это может быть связано? Казалось бы, одежда не является проблемой для косицы, а вот спинка стула уже начинает являться. На косицу нужно настраиваться всегда с прямой спиной, не прижимаясь к поверхностям, или это все мои личные фантазии?»

Это связано с тем, что у вас еще не сформировалось устойчивое ощущение косицы. Предметы или положение тела не должны влиять. Нужно тренировать свою косицу, как и любой навык.

«А есть ли какие-нибудь сведения, намеки, ссылки на косицу в других эзотерических учениях? Я на любительском уровне уже много лет читаю различные эзотерические книги, но ни в одной не встречал отсылок, хотя давно заметил, что все учения так или иначе описывают одну и ту же реальность, просто разными словами и с разных точек зрения».

Источники, где бы упоминалась косица, мне не известны. Это знание ко мне пришло не из источников, а так, как эзотерическое знание приходит впервые — по информационному каналу.

«Можно ли работать с косицей, находясь в состоянии стресса?»

Нельзя. В состоянии стресса нужно проснуться и наблюдать за собой и за ситуацией, тогда стресс успокоится.

«С косицей работаю, но не могу представить себя в деталях известным художником, законодателем нового жанра (на уровне — я гений, я чертов гений — еще как-то). На словах — да. А визуализация не идет.

Оттого и реализуются цели небольшие, все движется медленно. Возможно, имея так мало опыта, уже слишком многого сразу хочу?»

Если визуализация не получается, можно использовать мыслеформы, тоже работает. Главное для достижения успеха в такой «наезженной» области, как живопись, — это свой уникальный стиль. Как, впрочем, и во многих других областях. Нужно выйти из общего строя и пойти своим путем. Делать все не так, как это делают другие. Как именно не так — выйдет само собой, если будете крутить мыслеформы с косицей (например, «Я гений и все делаю гениально, уникально, блестяще» и т. д.).

Когда вы крутите подобные мыслеформы, то переходите на такие киноленты, где **независимо от своих способностей** начинаете делать свое дело гениально. Это само собой получается, автоматически. При условии, конечно, что вы занимаетесь своим делом, своей миссией. А не так, как, например, захотелось вам стать звездой сцены при полном отсутствии музыкального слуха.

«Активируя косицу намерения в разных энергетических состояниях, я задумался о том, стоит ли это делать сразу после пробуждения или непосредственно перед засыпанием, либо в состоянии усталости, то есть когда энергетика невысока. Не устает ли сама косица от частого использования? Возможно, гораздо эффективнее пару раз в день, находясь на подъеме, активировать ее? Или энергетический фон не важен?»

Косица не устает, но все хорошо в меру. Не надо слишком усердствовать. Конечно, лучше всего она работает, когда энергетика на подъеме. Перед сном или сразу после пробуждения будет неэффективно.

«Не могу одновременно чувствовать косицу и представлять целевой кадр».

Нужно больше тренировать косицу на простейших кадрах, чтобы ее ощущение давалось легко и без напряжения внимания.

«Вы не могли бы точнее описать, где косица начинается? Понял, что заканчивается между лопатками и слегка поодаль. Но где начинается? Из затылка?»

Расположение и геометрия не имеют значения. Имеет значение только само ощущение косицы, как оно у вас проявляется. А проявляется у всех индивидуально.

«Можно ли активировать косицу несколько раз в течение дня для разных целей? Не будет это перебором?»

Можно включать косицу для разных целей, по отдельности, насколько хватит сосредоточенности и желания. Количество здесь не обязательно переходит в качество. Соблюдайте баланс, чтобы было **в охоту, а не в тягость**.

«С детства у меня длинные волосы, и девочкой я всегда ходила с косичкой. Помню, в детстве мне везло, ну, может, не всегда, но часто. Но я никогда не задумывалась, что мне что-то или кто-то мог помогать, все как-то легко и непринужденно получалось. И я принимала эти чудеса как само собой разумеющееся! Более того, моя бабушка всегда говорила мне, прям просила, чтобы я не подстригала волосы, иначе свое счастье „отстригу". Хотя я ее слова всерьез не воспринимала тогда. Сейчас, уже повзрослев, как-то все притупилось... да, волосы длинные, и все в жизни вроде бы хорошо, но все равно хочется дальше идти, развиваться, совершенствоваться и, кстати, найти свое предназначение, свое дело по душе, или чтобы оно само меня нашло. Может ли быть так, что моя физическая коса служила мне косицей внешнего намерения? Ведь Тили тоже использовала таким образом свой розовый бант, если не ошибаюсь. И можно ли вообще людям с длинными волосами (на голове), заплетая волосы в косу, использовать ее как косицу, исполняющую желания?»

Может, да, а может, нет. Возможно, кому-то коса из волос будет помогать чувствовать энергетическую косицу. В детстве, наверное, так и было, интуитивно. Однако вовсе не обязательно иметь косу из волос. Косица намерения, как энергетическое сплетение, у вас и так имеется. Дело лишь в том, используете ли вы ее, развиваете или нет.

«Я наконец-то после двух месяцев практики почувствовала косицу! Последовала вашему совету и перед каждой практикой делала энергетические упражнения. Удивительные ощущения, повторяющиеся из раза в раз как некое давление (не болезненное, а такое, мягкое, даже сложно описать) за левой лопаткой. Это давление сейчас ощущается иногда во время проговаривания амальгамы из практики Трансерфинга или во время прокрутки слайда. Следует ли поддерживать активацию косицы в этих случаях или игнорировать?»

С косицей следует обращаться по алгоритму: вошли в состояние присутствия, активировали ощущение косицы, не отпуская ощущения, задали кадр, сбросили ощущение. Больше ничего лишнего. Косица должна быть под вашим контролем, активировать ее должны вы сами, а не она, произвольно, когда захочет. Приучайте ее к контролю. Амальгаму тоже можно проговаривать с косицей.

«Иногда забываю проснуться до того, как начинаю проводить манипуляции с косицей. В таком случае смысла работать дальше нет или можно проснуться, уже ее используя?»

С косицей следует работать так, как описано в алгоритме подсветки, по пунктам. Иначе будет неэффективно, или косица выйдет из-под контроля.

«Ощутила себя в пространстве. Прогнала потоки в энергетических каналах. Подняла косицу. Подсветила слайд. И держу, сколько могу. А что делать, если во время подсветки слайда страх напал и визуализировалось как раз то, самое страшное, чего не хочется? Это возможно как-то отменить многократными последующими повторениями подсветки кадра? Что-то можно сделать, чтобы страх не просачивался в слайд? Это я о моментах, когда, например, болеет ребенок, и крутишь слайд, что все хорошо у меня и что мы со здоровым ребенком играем или идем куда-нибудь... идем, идем... и вдруг, бах! И самое нежелаемое, страшное прорвалось, прокрутилось».

Перед тем как работать с косицей, войдите в состояние благодушия, комфорта и уверенности, что у вас все получится. Потом — алгоритм подсветки кадра, но кратковременный, чтобы в него не успевали залезть негативные мысли. Подсветка кадра на то и сделана краткой, чтобы ничего лишнего в него не лезло.

«Полезно ли при чтении активировать косицу? Стоит ли в „Проекторе" писать „Косица пробуждается и Метасила растет"». Две трети книги прочитано. Мыслемешалка с ног сознание сбивает при чтении. Приходится постоянно возвращаться на абзац-два. Иногда вообще все мимо. Включаю косицу в такие моменты и слайд „На пользу это! ". Гораздо глубже погружение при чтении с ноута, а не с телефона. Как будто объемность влияет. Стараюсь выключать вай-фай. Конечно, бумажный вариант лучше бы. Купил на „Литрес". Действительно, когда входишь в это состояние, мир вокруг, цвета, звуки, ощущения — все с какой-то глубиной и красочностью. Ну и когда „Вижу себя и вижу реальность"».

Да, будет полезно, и то, и это. Вы же сами убедились.

«В одном из своих ответов вы писали, что косица не дает стопроцентного результата (лишь высокую степень вероятности), особенно если в деле задействовано много чьих-то интересов. Допустим, моя цель открыть успешный салон. Но ведь таким образом я задеваю интересы других людей, которые работают в сфере услуг, мол, я успешный и клиенты идут ко мне, а они несут убытки (утрирую). И получается, что косица может здесь не сработать, раз я задеваю интересы других людей».

Вот уж об интересах своих конкурентов вам вообще не следует беспокоиться. Вселенная богата, ее благ на всех хватит. Вопрос в том, что кто-то задает свою реальность, а кто-то уповает на удачу. У вас — огромное преимущество, коли вы знаете, что можно задавать реальность. Вот и используйте его, «без зазрения совести».

«Начала работать с косицей, и чудеса стали происходить с первой же попытки. Но все задуманные события, даже самые простые, исполняются только в том случае, если загадываешь их заранее, не менее чем часов за 12. Пишу вам, сидя в пробке, уже сильно опоздала на работу. Пробовала подключить в помощь косицу, не помогает.

В связи с этим у меня к вам вопрос: есть ли какие-то правила (рекомендации), за какой промежуток времени лучше загадывать желаемое событие? Или все индивидуально? Нужный мне транспорт, например, я загадываю с вечера, и все получается. А сегодня решила загадать его по пути к остановке — и ничего не получилось».

Косица срабатывает мгновенно в простейших ситуациях. Если же вы уже оказались в сложной ситуации, переход на нужную киноленту может не поспеть. Сложные события лучше задавать заранее, хотя бы за 12 часов, как вы сами определили.

«У меня вопрос: сейчас, когда ощущаю косицу как не напрягающее давление за левой лопаткой во время подсвечивания грядущего кадра, стала чувствовать то же самое давление во время проговаривания амальгамы, слайда и иногда написания декларации и констатации. Следует ли сбрасывать это ощущение или, наоборот, подключать косицу, по сути смешивая две разные практики?»

Практики можно смешивать, но действовать строго по алгоритму: активировали косицу, задали реальность, сбросили ощущение. Иначе косица у вас станет неуправляемой.

«Вы писали, что можно влиять только на свою киноленту, то есть выбирать только свою реальность. Но что делать, если два человека борются за один и тот же „приз"? У кого косица лучше натренирована, тот и выиграет? Ни один из них не хочет проиграть, оба задают реальность, где побеждает автор киноленты. Как быть, если знаешь, что твой конкурент/враг действует не только на физическом плане, но и на метафизическом? Как его победить? Как реализовать вариант, где побеждаю я, а не мой враг?»

Очень мала вероятность, что ваш конкурент владеет той же техникой Тафти, что и вы. Таких людей немного, по крайней мере, пока. Но если оба владеете, победит, как всегда, сильнейший, у кого мощнее намерение и кто занимается заданием реальности заранее и систематически.

«При активации косицы я подсвечиваю три кадра, три намерения, три цели. Они меня очень вдохновляют, но после совета, что лучше подсвечивать один кадр, дабы не распыляться, теперь не знаю, как быть. Один или оставить три? Не отодвинет ли это переход на новую реальность?»

Если у вас хватает концентрации внимания на три кадра, подсвечивайте три. Но для надежности все-таки лучше бы их подсвечивать по отдельности, в разных сеансах с косицей.

«У меня такой вопрос: с Трансерфингом знаком давно, в работе его не сомневаюсь, но периодически отхожу от него по причине того, что не могу визуализировать кадры и полностью окунуться в них с удовольствием. Дело в том, что как только, например, я начинаю думать, как я лежу на красивом пляже, на белом песке, вокруг пальмы и солнце, то откуда-то изнутри выпрыгивает какая-то ужасная мыслеформа, например, появляется акула, которая обязательно нападает, и т. д. И это еще самый простой пример, по ужасности мысли. После этого появляется дикий дискомфорт. После таких моментов появляется страх к визуализации вообще».

Для того чтобы во время прокрутки слайда в голову не лезли всякие мысли-паразиты, был разработан быстрый алгоритм подсветки кадра, когда вы на раз-два активировали косицу, сосредоточились на кадре и сбросили ощущение. Требуется только **кратковременная фиксация внимания на кадре или мыслеформе**.

«Тафти рекомендовала больше практиковаться. Но есть ли какая-то граница? Можно ли менять сценарий в разных ситуациях, сколько я захочу? Или есть определенные ограничения — к примеру, пару раз в день? Вопрос может прозвучать глупо, но боюсь переборщить».

Еще недостаточно внимательно читали Тафти. Сценарий менять вы не можете. Вы задаете реальность и при этом перескакиваете на другую киноленту, где сценарий другой. Но это разные вещи. Намерение должно быть направлено на конечный целевой кадр, а не на ход событий.

Ограничений нет. Ограничение лишь одно — чтобы задание реальности было вам в удовольствие, а не в тягость. Насиловать себя не следует.

***

Успехи читателей

«Поначалу было тяжело следить за вниманием, но потом научился. Это просто фантастика. Мне лучше всего помогает игра в разведчика. Я представляю себя разведчиком. Разведчик должен быть всегда осознан, не выдавать себя и наблюдать за ситуацией. Попутно, когда есть время и возможность, я задаю с помощью косицы свою реальность. С косицей есть свои сложности, в плане ее ощущения. Но понимаю, что я еще учусь, а косица атрофирована, и надо время на то, чтобы косица, так сказать, восстановилась. Да и сама Тафти говорит, что она развивается с практикой. Поэтому я не опускаю руки, а точнее косицу».

«Был январь, и нужно было срочно продать свою старую машину. Машина очень старая, еле ездит, вроде бы многое отремонтировано, но еще много нужно менять и ремонтировать. Зима, снега, морозы. Машины никто не покупает в этот период. До этого полгода продавал, но так и не продалась.

Идеальная цель для первой практики по обновленному ТС. Все делал, как в книге написано.

1. Проснулся наяву, отчетливо осознал, где я, а где реальность.
2. Ощутил или пытался ощутить косицу и, не отпуская с нее ощущения, задавал свою реальность: „Моя машина легко и быстро продается. Находится адекватный парень, которому нужна именно такая машина. Он в удобное для нас обоих время приезжает, осматривает ее, и мы оформляемся".

3. Помимо задания реальности я время от времени вел себя так, как будто она продана: радовался тому, что она продалась; радовался тому, как много места перед домом освободилось, и радовался полученным деньгам. Это все я делал по нескольку раз в день, каждый день. Естественно, еще я опубликовал объявление в интернете.

Через неделю пошли первые звонки и осмотры машины. Четыре месяца до этого никто не звонил, а тут сразу пошли звонки и осмотры. Несколько человек готовы были купить, но по неясным причинам сделки срывались. Я не отчаивался. Осознавал, что это не моя дверь, и продолжал трансляцию.

Еще через пару дней позвонил парень, который осматривал ранее, но уехал думать, и сказал, что покупает. Сделка прошла как по маслу, без сучка и задоринки. Даже машина его полюбила и завелась с пол-оборота в мороз. Дело сделано! Именно так, как я хотел. Теперь я работаю над заданием реальности своей мечты и знаю, что нет ничего невозможного».

«Постоянно выполняю практику с косицей. Лучше всего это получается делать в душе, вода помогает настроиться и отпустить беготню мыслей. Практики с косицей я начала сразу со своей главной на настоящий момент цели — это стать мамой. Как начала читать книгу, сразу начала визуализировать ту реальность, где я держу своего малыша на руках, чувствую любовь к нему, проговариваю, какой он родился здоровый. Через месяц я узнала, что беременна! Это так прекрасно! И главное — так сразу!»

КОСИЦА 3

«При активации косицы вначале у меня получалось все просто и легко и были положительные результаты. Но потом произошел некий сбой: при активации косицы я стала ощущать, что кончик ее как бы прикреплен к спине некой скобкой. Сначала я не придала этому значение и списала на неопытность. Но дальше эта ситуация стала повторяться чаще, и это меня очень напрягало. Я временно прекратила занятия. Такое может быть?»

Произошла психологическая блокировка. Вы, наверно, испугались своих возможностей. Не существует никакой скобки. Вам не надо задумываться о том, где у косицы начало, где ее кончик и как она вообще работает. Просто обращайте внимание на ощущение косицы, пусть себе она у вас будет «прикрепленной к спине». Все это неважно. Важно только ощущение косицы вообще, хоть едва уловимое, смутное.

«У меня вопрос, на который я так и не нашел ответа ни в книгах о Трансерфинге, хотя перечитывал их не раз, ни в „Тафти", а именно: как представлять себя в образе желаемого результата, или в слайде. То есть видишь себя от первого лица, как в жизни, но, по теории, нужно видеть себя со стороны в той реальности, которую создаешь в своем образе, то есть от третьего лица, как бы смотря на себя со стороны?

И еще у меня проблемы со здоровьем, в частности варикоз на левой ноге и другие болячки. Если я буду запускать косицу, представляя, как у меня абсолютно чистая нога, без вздутых вен, поможет ли это избавиться от недуга?

И вообще, работая с косицей, нужно представлять статичную картинку, то есть фрейм, или все же слайд, крутить свое кино? Вы говорите о том, что техники Тафти намного сильнее техник Трансерфинга, значит, применять слайды не имеет смысла, они малоэффективны?»

Сколько раз перечитывали, но так и не поняли. Во всех книгах ясно говорится, что представлять слайд нужно изнутри, находясь в нем, а не снаружи, как на кино смотреть. В слайде, по Трансерфингу, или в кадре, по Тафти, вы должны быть вниманием внутри, собственной персоной то есть. Например, представляете, как едете на своем автомобиле — так и представляйте, будто прямо сейчас сами сидите в кресле, давите на педали и крутите руль.

Все проблемы со здоровьем решать по методике Тафти, проговаривая мыслеформы в ванной, вместе с косицей. Глава «Косица с потоками».

Задавая реальность по алгоритму Тафти, вы визуализируете кратковременный целевой кадр, где цель достигнута, либо так же кратковременно, но сосредоточенно, проговариваете мыслеформы. Слайд — это уже не кадр, а целое кино, как ваша цель реализуется. Никто не мешает вам использовать как одну, так и другую технику. Все дело только в вашей способности сосредоточиться. Сколько вы сможете удерживать внимание на косице, а также вообще на самом слайде. Техника Тафти больше приспособлена для современного человека, который обычно не может надолго сосредоточиться. Ну и косица, конечно, служит мощным усилителем намерения.

«Косицу быстро нашла, осознала. Работает. Но! Исполнились желания — за счет перекоса в других сферах жизни. Словно нарушение баланса — в одном месте прибыло и убыло в другом. Причем очень жестко. Возможно, из-за неправильной формулировки намерения, но невозможно все предугадать».

Значит, одно каким-то образом мешает осуществлению другого. Двигаетесь по одной дороге, а хотите достать то, что лежит на другой. Возможно, цели противоречат друг другу.

«Можно ли с помощью косицы выяснить свое предназначение, и если да, то как это сделать?»

Задавайте такую мыслеформу, что находите свое предназначение. Почему бы нет.

«А можно тезисно технику безопасности при работе с косицей? Например, нельзя загадывать отношения с конкретными людьми. Можно ли загадывать о здоровье других людей? И как это правильно сделать?»

При работе с косицей никакой опасности нет. Могут быть побочные явления, типа перехода на промежуточные киноленты, которые могут быть болезненны. Реальность меняется не сразу и не всегда гладко. С косицей работать строго по алгоритму. Здоровье можно задавать только для вашего маленького ребенка, до раннего подросткового возраста, пока он с вами на одной киноленте. Для остальных задавать бесполезно.

«Когда я задаю свои качества косице, можно ли их задавать сразу несколько? Или на каждое качество отдельный ритуал с косицей? Можно ли тогда несколько ритуалов подряд проводить?»

Задавать можно сразу несколько, насколько хватает сосредоточенности, одновременно удерживать косицу и внимание. Если не хватает, можете проводить ряд ритуалов, через некоторые промежутки времени, отдыхая и в то же время не уходя мыслями в сторону. Старайтесь управлять ходом мыслей.

«Как только прочитала про косицу намерения, без проблем нашла ее у себя и чувствую ее четко. Однако она не работает. Последние восемь месяцев у меня сплошное невезение, работу найти не удается, мечты уже запылились и, в общем, потеряла весь энтузиазм к чему-либо».

У вас присутствует какой-то психологический блок. Тренируйте косицу на событиях, которые сбудутся неизбежно. В книге ведь так и написано. Просто следуйте рекомендациям Тафти, и блок уберется сам собой.

«Есть ли смысл активировать косицу и твердить, что вредных привычек нет, зная, что через пять минут пойдешь и закуришь?»

Одной косицей не обойдешься, хотя она, конечно, поможет. Необходимо переключиться на активный образ жизни. Например, вы либо бегаете, либо курите. Вместе не получится.

«Это нормально, если глаза закрываются при работе с косицей? Мне, для того чтобы почувствовать косицу, надо закрыть глаза и сосредоточиться, а вы говорили, что взгляд становится более осмысленным как раз во время активации косицы. Значит, лучше держать глаза открытыми?»

Если вам так удобно, работайте с закрытыми глазами.

«Во время сеанса работы с косицей как долго удерживать слайд? Тридцать секунд? Три минуты? Пять секунд? Я понимаю, что у всех по-разному, но как знать, если „передержала" по времени или „недодержала"? Ведь надо, резко оборвав, закончить слайд и „выходить", да?»

Не «резко оборвав», а уверенно закончить слайд, точнее, целевой кадр или ряд коротких и внятных мыслеформ. По времени — насколько хватит внимания, желательно не более минуты, максимум двух.

«Скажите, пожалуйста, можно ли практиковать косицу во время беременности?»

Думаю, можно, косица не может навредить.

«Получается, это реально летать в своем физическом теле наяву? Надо задействовать косицу — и перейдешь в кино, где летать можешь?»

В принципе это возможно, при изрядной доле намерения и тренировок. Факты левитации известны.

«Моя косица активируется по-разному. Иногда легкое ощущение ее присутствия за спиной, и при этом мои глаза слезятся. А иногда я ее и ощущаю, и вижу, как кисточку косы в желтом свете, но при этом в глазах появляется сильная боль, будто попал песок, они наполняются слезами, и это очень мешает сосредоточиться. Это нормально?»

Ощущения в глазах — это побочные эффекты, они должны прекратиться. Попробуйте работать с косицей с закрытыми глазами. Сосредотачивайтесь только на косице, на глаза не обращайте внимания.

«Когда голову поворачиваешь, косица тоже идет в ту или другую сторону?»

Ни поворот головы, ни положение тела, ни окружающие предметы не влияют на косицу.

«Ощутить косицу получилось с первого раза, но вот стала болеть спина в районе лопаток. Может быть такое в начале с непривычки? Или это просто совпадение, не связанное с косицей? И что делать, продолжать практиковать или на время прекратить?»

Боль в спине может быть, как временное побочное явление, это пройдет. Но если не проходит — к остеопату, и еще самостоятельно заниматься гимнастикой. Боль не от косицы, а от проблемы со спиной.

«Тафти говорит, что не стоит использовать косицу по пустякам, но с чем это связано? Если косицу подпитывает энергия космоса, то эта энергия является бесконечной, могу ли я использовать косицу в любой осознанной мысли? Или стоит избирательнее относиться к частоте ее использования?»

Практиковаться следует насколько возможно чаще, на мелочах. Но все же давайте себе и передышку. Не нужно задавать буквально все, что происходит в каждодневной жизни. Главное — систематически задавать ваш основной целевой кадр, а дальше можно полагаться на сценарий.

«Прошу прощения, что обращаюсь со столь популярным вопросом. Все по-разному описывают свои ощущения косицы, поэтому сложилось расплывчатое понимание. Где ее правильно ощущать? Я, например, чувствую ее, когда фиксирую на ней внимание, как сгусток тепла немного ниже плеч. Верно ли я ее ощущаю?»

Ощущайте так, как ощущается. Именно что у всех по-разному. Главное, поймать какое-то устойчивое ощущение за лопатками, которое можно активировать и сбрасывать.

«Как, не отпуская внимания с косицы, задавать реальность? Очень трудно держать и внимание на косице, и одновременно подсвечивать свой кадр. Как это лучше делать?»

Защемите себе сзади рубашку между лопатками прищепкой. Вы ее ощущаете? Вы можете думать о чем-нибудь и одновременно ощущать, что у вас сзади прищепка? Точно так же и с косицей. Не напрягайтесь. Ощутите косицу, а потом, вместе с этим ощущением, задайте в мыслях, в словах или образах целевой кадр.

«Открыты или закрыты глаза при работе с косицей — имеет значение?»

Открыты глаза или закрыты — значения не имеет.

«Регулярная практика активации косицы приводит к тому, что она начинает работать и без твоего участия, при этом, если не следить за мыслеформами, в слой своего мира можно нацеплять деструктива».

Чтобы этого не происходило, нужно косицу использовать **строго по алгоритму подсветки кадра**: проснулись, активировали, задали, сбросили ощущение. Последний пункт очень важен. Косица должна быть под вашим контролем. Нельзя допускать, чтобы она болталась бесконтрольно. Если же она дает о себе знать сама, то есть активируется самопроизвольно, тогда следует в этот момент задать свой целевой кадр, а потом обязательно сбросить ощущение с косицы.

«Как использовать косицу с зеркалом?»

Косицу с зеркалом, то есть возле зеркала, использовать нет смысла и нежелательно. Во время подсветки кадра взгляд должен быть направлен вперед и немного вверх. На предметы, в том числе на зеркало, не смотреть. Смотреть на свой кадр, визуализировать его или проговаривать в мыслеформах.

«Никак не могу ощутить эту фантомную косицу. Как быть, что еще можно сделать в этом случае? Представить я ее, конечно, могу, но с таким же успехом я могу себе представить косицу где угодно, но все же это не будет именно фантомом косицы. Хотя на затылке действительно ощущается определенное напряжение, томление, но на косицу оно не тянет. И еще один момент. При повороте головы косица, и, следовательно, внешний центр намерения, тоже перемещается?»

Если не можете ощутить косицу, представьте ее, за лопатками. Инициируйте ее намеренно. Поупражняйтесь с энергией, как описано в главе «Косица с потоками». Кто никогда не работал со своей энергией, тот может не почувствовать косицу сразу. Но если ее время от времени представлять, обращая внимание на ощущения за лопатками, она в какой-то момент проснется. А вот головой во время подсветки кадров вертеть не надо.

«Похоже, что я неправильно все делаю. Представляю, что косица выходит из места между лопаток, а кончик ее на расстоянии от спины как бы. Это неправильно? Я представляю, что стрелка от затылка до середины спины висит. А потом поворачиваю стрелку и ее начало опускаю в центр между лопатками, а кончик торчит на расстоянии. Косица активирована».

Геометрия и точное расположение косицы не важны. Важно, чтобы ощущение было за лопатками. Если у вас получается так, значит для вас это правильно.

«Эффективно ли использовать косицу в медитации?»

Смотря какая медитация. Косицу следует использовать по алгоритму: войти в состояние присутствия, активировать косицу, сосредоточиться на целевом кадре, сбросить ощущение с косицы. Если во время медитации вы сможете выполнить этот алгоритм (порядок действий) и если ваша медитация дает эффект сосредоточенности + отстраненности, тогда да, это будет эффективно.

* * *

Успехи читателей

«Я человек недоверчивый, поэтому при чтении книги „Тафти жрица" я не замахивалась на грандиозные сценарии, а пробовала бытовые. Не собирался чемодан, будь я дома, выкинула бы лишнее, но я была в командировке в другой стране — а вещи не влезают, хоть вой. Косица! Слайд, как прыгаю на этом чемодане и потираю ручки, что все поместилось. И — собирать.

Пока я кряхтела, пришла соседка и помогла. Застегивали чемодан вдвоем — я прыгала сверху, она тянула молнию. Влезло все. Так-так-так, подумала я, а если... Косицей нашла потерянную деталь от прибора, за которую мне бы влетело, и вот как крутила, так и нашла в полуметре от прибора, хотя до этого все перерыла. Косицу потеребила — и мой перевешенный багаж уехал так, будто не было лишних килограммов, мне подмигнули и все простили. Еще косицей так поводила, что мои отчеты принимаются легко, просто, быстро — и сдала все за сутки, а мне все пророчили, что не примут, и неделю мне маяться с этой бюрократией.

А потом я поняла, что могу просто добавлять косицу ко всем слайдам, что писала в „Проектор", вот теперь-то получится! Подправила слайды — и вперед. И оно полетело... Отношения улучшились просто на глазах, любимый стал сдержаннее (не влияла, в слайд не пускала, крутила силуэт на фоне, за спиной, предполагая, что если не мой, то найдется другой любимый, любящий и владеющий своим настроением). Мне предложили учебу и работу в другой стране (крутила свою специальность и профессиональные таланты — как итог забирают чуть не с руками, опечалены, что я должна доучиться пару месяцев здесь).

Я представляла жилье и много чего сопутствующего — видимо, самым простым оказался сценарий с переездом в другую страну и практически жизнью с чистого листа, из прошлой жизни останется только любимый человек (едет со мной) и моя семья, близкие по переписке, одним словом — ничего и никого лишнего. И вообще, я та еще консервативная трусиха, но теперь мне не страшно...»

«Работаю временно специалистом по коммерческой недвижимости. Не то чтобы кайфую от той работы, но многое выходит. Решила применить косицу в достижении результатов побольше.

Две недели со стаканом воды в руках, с активированной косицей за спиной и в расслабленном состоянии я представляла в образах и повторяла мысленно: „Клиенты на мои объекты находятся сами, я с успехом продаю свои объекты и получаю хорошее вознаграждение".

Две малюсеньких недели... и первый мой объект с блеском продается в два дня!! Я получаю вознаграждение. Чувство уверенности не покидает. Мыслемаркером и косицей подтверждаю, что Мир идет мне навстречу, все работает, все круто!

Есть подвижки и со второй половинкой. Реально! И все тот же самый алгоритм: расслабленное состояние, стакан воды и косица».

ЭКРАНЫ

«Когда "слайдишь", под каким ракурсом нужно видеть желаемую реальность: из своих глаз? Или видя СЕБЯ СО СТОРОНЫ?»

Самое простое упражнение. Когда сидите у себя дома в комнате, закройте глаза и представьте, что вы на кухне. Вы ведь хорошо знаете свой дом, значит, представить будет легко. Обратите внимание, как вы это представляете. Вы у себя в мыслях создаете копию виртуальной реальности, где вы на кухне. Вы внутри кухни, внутри той реальности. Так же и с подсветкой кадра. Вы не смотрите на кадр со стороны — **вы находитесь в нем**.

«У меня непонятка разума. Ведь если наблюдаешь сама за собой, то как можно на 100% быть в слайде, когда слайд прогоняешь/проживаешь? Ведь какая-то часть должна наблюдать? Или полностью надо уходить в слайд, с ощущениями, запахами, то есть на 100%, а потом сразу возвращаться после прокрутки слайда?»

Действуйте по алгоритму: сначала входите в состояние присутствия, «вижу себя и вижу реальность», активируете в этом состоянии косицу, а затем можете полностью погружаться в свой передний экран, в слайд, не отпуская только ощущения с косицы. Ваш внутренний наблюдатель (Очевидец) сам за всем проследит.

«У меня такой вопрос. В Трансерфинге сказано, что, представляя целевой слайд, нужно находиться в его центре, а не наблюдать со стороны. Например, я представляю себя в новой машине, при этом как бы сам сижу в этой машине, чувствую кожаное кресло, держу руками руль и т. д. Неправильным будет, если я буду наблюдать себя, сидящим в машине, со стороны. Вместе с тем в техниках Тафти при работе с косицей сказано, что нужно представлять себе желаемое на экране перед собой, то есть со стороны. Как же быть в таком случае?»

Ничего подобного у Тафти не сказано, что надо наблюдать себя со стороны. Наоборот, подчеркивается обратное — вы должны быть внутри кадра. Передний экран у Тафти — это тот же внутренний экран, в котором вы рисуете слайды. Передним он назван в противоположность косице, которая позади. Рисуя кадр на переднем (внутреннем) экране, вы должны быть внутри него.

«Если я перешел на другую киноленту, с другим сценарием, то там уже фактически другие люди, не такие, как прежде (они говорят, ведут себя по-другому)? То есть фактически на другой ленте у меня будет другая жена? Она будет одушевленная или просто манекен запрограммированный? Просто бред какой-то получается».

Нет, на другой (вашей) киноленте у вас другой (ваш) сценарий. Люди там остаются прежние. В противном случае наблюдался бы хаос. Меняется только ваш сценарий, а не люди. Это сложно понять, потому что модель кинолент — лишь упрощенное представление, как оно происходит на самом деле. А как на самом деле — для нашего разума непостижимо.

«По-моему, в книге „Взлом техногенной системы" приводится такой пример, когда один мужчина, проснувшись, обнаружил, что у него жена вроде бы и такая же, но все-таки другая, и его оборонное секретное предприятие, на котором он работал, тоже исчезло (то есть он перешел на другую ленту, в другое кино). Ведь подумайте — предприятие исчезло и жена другая! Это как раз и доказывает, что, меняя ленту, я полностью меняю и свое окружение».

В книге приведен пример трансгрессии — это крайний случай, когда переход осуществляется на очень далекую от текущей киноленту. Там действительно все может быть по-другому, но это лишь крайне редко встречающийся случай. В обычной практике переход происходит на близлежащую ленту, где изменения незначительны.

«По поводу вашей новой книги „Тафти Жрица". Новые техники, описанные в ней, интересны, но сама книга почему-то не затягивает так, как предыдущие. Я не могу объяснить, почему, может, из-за отсутствия чувства новизны, откровения или чего-то в этом роде, отчего я все еще в процессе чтения вашей книги».

Новизны и откровений там предостаточно. Как мне кажется, «затягивает», по-вашему, это погружает в некую сказку. В книге Тафти больше практики. Ее надо не просто читать, а практиковать, тогда и затянет, но уже по-настоящему.

«Когда я помещаю внимание в точку между двумя экранами, на внутреннем происходит остановка мыслительного процесса. Входя в это состояние, думать ни о чем не хочется, то есть для меня это просто тишина внутри.

В книге написано, что я смогу наблюдать за обоими экранами, но по факту я могу наблюдать только тишину на внутреннем. Когда начинается мыслительный процесс, я погружаюсь в сон и при следующем пробуждение могу лишь вспомнить свои мысли, но вот никак не получается наблюдать их в процессе.

Это нормально или я что-то не так понял и действую неправильно?»

Наблюдать за собой и реальностью — это необязательно находиться в каком-то среднем экране. Вы можете просто видеть, чем заняты ваши мысли, и видеть реальность вокруг. Прочитайте книгу «Жрица Итфат», там нагляднее все это описано.

А вообще, пробуждение — тот миг, в который вы осознаете, чем заняты мысли, — требуется для последующих осознанных действий по активаторам или для подсветки кадра. Вам не обязательно постоянно следить за собой и реальностью. Пробудились на миг — что-то осознали, что-то задали и можете дальше спокойно спать и двигаться по сценарию. Главное — задавать целевые кадры, тогда на сценарий можно положиться.

«Не очень понятно, как работает зеркало реальности. Как правильно посылать „магические" послания? Вот для примера. Посылаешь ему: «Я богат» или «Я миллионер!» И оно отвечает: „Я богат" или „Я миллионер!" То есть зеркало богато. Или все-таки как-то по-другому это работает? Как послать послание зеркалу, чтобы оно знало, что это мне?

Или: „Я счастлив!" И зеркало отражает: „Я счастлив!" Получается, что зеркало счастливо?

Или посылаешь: „Дай, например, машину!" И зеркало отвечает: „Дай машину!" То есть забирает то, что просишь, себе».

Что значит «посылаешь ему»? Зеркало реальности существует не отдельно от вас — вы внутри него. Хотите быть кем-то — живите так, будто уже являетесь. Хотите что-то получить — ведите себя так, будто уже имеете. Это помимо того, что надо задавать реальность косицей.

«Я так понял, что нет необходимости постоянно держать внимание в центре, важнее уметь вовремя просыпаться. Но я заметил за собой, что не получается проснуться, когда надо. Когда что-то пытается вывести из равновесия, я просыпаюсь и говорю себе, что все идет как надо, но когда взаимодействую с людьми, сон суперкрепкий».

Если что-то не получается сразу, необходима практика: новые попытки и повторения до тех пор, пока не войдет в привычку, не дойдет до автоматизма.

«А отстраненному наблюдателю разрешается сопереживать?»

Разрешается, конечно, почему нет. Никто не говорил, что надо превратиться в мраморную статую. Любые эмоции разрешаются. Эмоции нужно отпустить и наблюдать за ними. Если наблюдаешь, тогда не эмоции владеют вами, а вы владеете ими — свободно.

* * *

Успехи читателей

«Работаю старшей медсестрой в крупном подразделении одной из московских больниц. До знакомства с „Тафти" — дурдом, а не рабочий процесс. Теперь каждое утро задаю реальность „у меня хороший спокойный день, мне все удается, я все успеваю" — уже перестала удивляться, пациенты сразу вежливые и адекватные, все здороваются, как с любимой родственницей или звездой экрана, и отчеты все в срок, и все идет гладко да ровно, а если начинается „рябь на зеркале" — что-то уж совсем из ряда вон, то я говорю себе: „О, вот и польза! Даже если сразу не очевидно, то в дальнейшем — точно!", и реальность соглашается.

Задаю, что „я высококвалифицированный специалист, мои услуги оценены по достоинству", в результате ощутимое повышение зарплаты.

Из быта: место на парковке — всегда, продавцы — сама любезность, нужный товар в наличии по приятным ценам, если готовлю — то кулинарный шедевр, рассада — пышным цветом (огородник я постольку-поскольку), на лыжах кататься — и красиво, и быстро (тоже не спортсменка-лыжница).

Из женского — внешность и здоровье меняются в лучшую сторону, мне 42, задаю „я юная прекрасная девушка..." и кроме как „девушка" и „деточка" других обращений и не слышу, в зеркале вижу очень приятную картину, чувствую себя на 18 лет.

Нужные навыки формируются по первому-второму заданию реальности „у меня получается это..." (фуд-дизайн, например).

Если устала или настроение на спад — просто осознанно следую сценарию, и все идет на пользу, все идет как надо; или говорю себе „прекрати ныть, задай реальность" — просыпаюсь по щелчку пальцев. Мыслемаркеры после каждого достижения смакую как лакомство — долго, с удовольствием и с косицей. Если что-то не получается в принципе — значит, не мое, не надо, снова польза. И таких „мелких" достижений еще очень много, а по сути из них формируется уже МОЙ сценарий, которому я следую с радостью и благодарностью».

«Я уже лет 10 практикую Трансерфинг. Работа в IBM, машина, свой дом — все получилось. Только довольно долгий и извилистый путь пришлось пройти. И сложно было проследить зависимости, хотя часто события иначе как чистое везение и нельзя было назвать. Так вот, визуализацией места на парковке раньше очень редко получалось добиться результата. За последний месяц, с активацией косицы (хотя я ее еще пока не чувствую явно, как, например, энергетический шар между ладоней), парковка находится практически всегда и сразу».

ВНИМАНИЕ

«Мой вопрос прост — как проснуться из глубочайшего сна? Я настолько глубоко сплю, что мой сон поголовно замечается самими спящими. „Ты постоянно витаешь где-то" — самая частая фраза, которую слышу. При этом я не так уж часто мечтаю или витаю в облаках. Чаще всего мое внимание где-то, непонятно где, там нет вообще ничего. Я ловлю себя на том, что ни о чем не думаю, но при этом не в этом мире. Выдергиваю себя, но через какое-то время снова оказываюсь там же. При этом я очень даже успешно справляюсь с текущей работой, работаю бухгалтером на нескольких участках, и мою работу тупой рутиной никак не назовешь. Кроме того, я бухгалтер в сети супермаркетов, любой магазин может позвонить и проконсультироваться по любому вопросу. И даже в таком режиме мне удается глубоко спать. Посоветуйте, пожалуйста, что можно сделать, чтобы проснуться».

Просыпаться следует по необходимости. Приучать себя просыпаться по активаторам. Но просыпаться бесцельно часто и уж тем более стараться удерживать состояние осознанности постоянно — смысла нет.

Для меня, например, в силу писательской профессии, предпочтительнее больше витать в облаках, находиться в состоянии подключенности к информационному каналу, нежели быть постоянно осознанным. Осознанность я включаю по необходимости.

Осознанность главным образом требуется для задания реальности. Главное, чтобы вы задавали реальность, в которой реализуется ваша цель или вы успешно справляетесь со своей работой. Тогда можно положиться на сценарий и спокойно «укладываться спать» в реальности — сценарий поведет вас как нужно.

Ведь вы пишете, что «успешно справляетесь с текущей работой» — вот тому и свидетельство.

«Так уж сложилось, что по своей сути я очень эмоциональный человек. Проснуться могу только в состоянии покоя, то есть вне каких-либо эмоциональных состояний. В связи с этим вопрос: существуют ли какие-то техники или практики для развития этого состояния покоя, для того чтобы оставаться в центре осознания?»

Оставаться в состоянии осознания постоянно нет нужды. Что действительно нужно — это уметь просыпаться по активаторам. Завести себе такую привычку путем многократных повторений. Эмоции подавлять тоже нельзя. Но будет полезно наблюдать за проявлением своей эмоциональности. Подробнее об этом написано в книге «Жрица Итфат».

«Помогите, пожалуйста, разобраться. По поводу двух экранов внимания, когда речь идет об удерживании внимания в центре во время прогулки или выполнения монотонных обязанностей, понятно, как его удерживать в центре, хотя, конечно, это и не просто. Но мне не понятно, как быть во время работы, когда нужно „уйти с головой", или просмотра какого-нибудь фильма, или чтения книги, как быть в этих ситуациях? Можно позволять себе уходить в один или другой экран или с множеством тренировок можно научиться и в таких ситуациях удерживать внимание в центре?»

Заботиться о внимании следует, когда вы участвуете в каком-либо **действе**. Тогда, как только что-то происходит, или перед тем, как что-то сделать, вы устанавливаете внимание в центр. Быть «во внимании» имеет смысл, когда вам надо быть «над ситуацией», чтобы не быть марионеткой, которую ведут.

В остальном кто вам запрещает погружаться «с головой» в тот или иной экран? Когда вы пассивно смотрите какое-то зрелище, зачем вам следить за собой? Когда вы погружены в решение какой-то задачи — то же самое. Однако иногда и в таких случаях стоит просыпаться, хотя бы с той целью, чтобы не погрузиться в «экранизацию» окончательно и потерять трезвость ума.

А вот когда вы в действе — в игре, в общении, в движении — когда вам нужен контроль над ситуацией и над собой, вот тогда надо просыпаться, по активаторам.

«Создание образа в голове не подразумевает ли падение в один из экранов? Какова эффективность? Образ держу не больше минуты, потому что чем дольше, тем меньше получается „держаться" в пространстве между внутренним и внешним экранами».

Подсветка кадра и удержание внимания в центре — это две большие разницы. Просыпаетесь (переводите внимание в центр) вы только вначале, затем активируете косицу, а потом уже из нее, как из проектора, подсвечиваете кадр на переднем экране или проговариваете цель в мыслях. В книге даются четкие алгоритмы.

Подсвечивать кадр больше минуты и не рекомендуется. Это надо делать быстро, но не торопясь, сосредоточенно, но не напрягаясь. Внимание во время подсветки кадра находится как раз таки **не в центре**, а одновременно на косице и на переднем экране, где вы рисуете или проговариваете кадр. Это несложно. Вы просто чувствуете косицу и, не отпуская с нее ощущения, задаете кадр.

Вообще, ответы на многие свои вопросы вы найдете в книге, если прочитаете ее второй и третий раз. Оно того стоит. Сразу все не поймете и не запомните.

«Как удержать состояние „вижу себя и вижу реальность" в разговоре с человеком? При общении я вовлекаюсь в разговор, то есть выпадаю во внешний экран».

Состояние должно быть такое: **я наблюдаю за этим человеком, одновременно общаясь и наблюдая за собой**. Другими словами, вы во внимании, вы присутствуете во время общения, вы не говорящая кукла.

Однако удерживать такое состояние постоянно вовсе не обязательно. Если вам не нужен полный контроль над ситуацией, достаточно будет время от времени просыпаться от активаторов. Допустим, этот человек задал вопрос или сказал что-то странное — вы просыпаетесь и отвечаете осознанно.

Для удержания состояния осознания в течение длительного времени требуется постоянная практика, тренировка.

«В действии косицы я убедилась и была поражена тем состоянием, которое сопровождало меня впоследствии. Это состояние можно назвать полной Гармонией и Абсолютным Счастьем. Подобное же испытывала, когда вытаскивала внимание из экранов. На протяжении трех дней это состояние сопровождало меня повсюду, но медленно пошло на спад и вскоре вовсе исчезло, так как обыденная рутина все чаще стала завлекать в себя, и я все реже стала следить за вниманием».

Выполняйте рекомендации Тафти, следуйте алгоритмам, и тогда пробуждение войдет в привычку, а в рутину впадать перестанете. Все дело в практике.

«Никак не могу понять технику „два экрана". Тафти предлагает смотреть на два экрана одновременно, я не совсем пойму, как это делать. Получается смотреть на себя в текущей действительности, как бы со стороны, как будто часть меня смотрит фильм, а вторая часть играет в фильме?»

Смотреть на себя со стороны не надо. Сначала вы просто обращаете внимание на то, **где сейчас находится ваше внимание**. Как только обратили, внимание встало в некую центральную точку, из которой вы можете и дальше наблюдать, где оно находится. И из этой же точки **одновременно вы можете наблюдать за окружающей действительностью**. Таким образом вы видите себя и видите реальность.

«Не могу найти центр сознания, не вижу себя со стороны».

Не надо смотреть на себя со стороны. Надо смотреть на себя изнутри себя — **из себя**. И одновременно смотреть на окружающую реальность. Наблюдать, где находится внимание, чем оно занято, и одновременно наблюдать, что происходит в реальности. Как только начали наблюдать, внимание сразу же устанавливается в центр. В книге «Жрица Итфат» все это объясняется в художественной форме. Прочитайте, может, тогда поймете.

«У меня не получается все время находиться в осознанном состоянии. Например, я решил свое внимание держать на себе, какое-то время получается, но потом все превращается в кашу, и чем больше усилий я прилагаю, тем запутаннее все становится. И непонятно, куда направить внимание, как проснуться. Будто правила постоянно меняются. Я не могу найти точку опоры. Это меня угнетает, вводит в безысходность. Ведь осознанность — единственный выход. Постоянные перепады настроения из-за того, что не могу понять, как действовать — больше усилий прилагать, меньше, отпустить хватку, или наоборот».

А я не понимаю, зачем находиться в осознанном состоянии все время. Гораздо важней, как сказано в книге «Тафти жрица», просыпаться в нужный момент, то есть когда требуется быть во внимании, чтобы контролировать ситуацию, например.

Вы пишете: «чем больше усилий я прилагаю, тем запутаннее все становится». Правильно, так и должно быть. Разве у Тафти сказано, что надо прилагать усилия? Как раз все наоборот. Читайте внимательно книгу. Точка опоры — это ваша цель, ваша миссия, а не вы сами.

«Я не выискиваю у вас ошибки, я их принимаю как особый стиль повествования, но фраза в главе „Имитация действа": „Потому что отражением может двигать только сам образ, а не наоборот, понимаете? " — сбивает с толку, перечитывал книгу и два раза сбивался на этой фразе. Может, здесь вы что-то зашифровали?»

Что же здесь непонятного? Станьте перед зеркалом. Вы сами — это образ, а в зеркале — ваше отражение. Кто кем или чем двигает: вы отражением или оно вами? В зеркале реальности все наоборот: с этой стороны отражение, а с той, где архив кинолент, — образ. Действительность есть отражение (проекция) какого-то кадра с той стороны.

Когда вы входите в состояние осознания, ваше внимание (вы и есть ваше внимание) оказывается по ту сторону, откуда можно задавать реальность (образ), которая воплотится в действительности (отражении). Только оттуда, со стороны образов, можно двигать отражением. Для того и требуется входить в состояние осознания.

«Вы пишете: „...вы просыпаетесь и осознаете, что зеркало реальности всего лишь повторяет ваши движения. И если хотите что-либо получить, необходимо сначала нечто подобное дать. Даже неважно, что именно". Вот эта фраза: „Даже неважно, что именно" — какие мои действия должны быть в отношения денег? Это будет опыт для разума, очень убедительный"».

Здесь вы путаете технику задания образа при общении с людьми с техниками достижения целей. Техники достижения целей — это **задание реальности и задание отражения**. Внимательней читайте книгу еще раз.

Да, для того чтобы что-то получить, необходимо что-то дать. Деньги не сваливаются с неба сами. Вы их должны как-то заработать. А вот как — будет предоставлена возможность, если станете использовать техники достижения целей.

«У меня вопрос, если вся наша жизнь это киноленты с прописанным сценарием действий, то как относиться к своим мыслям — они тоже часть сценария, или они выше его, или они „просыпаются" так же, как и внимание после осознания?»

Да, ваши мысли, как и ваши действия — не ваши, они прописаны в сценарии, пока вы живете в беспамятстве. Вашими они становятся в тот момент, когда вы просыпаетесь и осознаете себя. Тогда вы открепляетесь от сценария и можете осознанно направить ход своих мыслей и действий.

«Езжу на работу на общественном транспорте. А там разная публика. Кто-то обязательно матюгнется, большинство зависает в телефонах, пара человек эмоционально обсуждают семейные или иные проблемы, детки плачут, а школьники перекрикивают друг друга. В общем, не соскучишься. Если слишком шумно, надеваю наушники и слушаю музыку. Но вот из новой книги узнаю, что нужно стремиться постоянно перемещать внимание в центр. Причем „даже легкое дуновение пространства" должно служить сигналом к пробуждению. Получается, мне нужно слушать все эти разговоры, шумы и прочее?»

Зачем же так утрировать? Нет надобности обращать внимание на фоновый шум. И не книга должна вас заставлять «стремиться», а вы должны быть хозяином своих устремлений. Вам решать, на чем стоит активировать свое внимание, а на чем нет. Соображать же надо.

***
Успехи читателей

Вадим Зацепин

«Я сегодня сделал себе с утра полную осознанность, потрясно, я контролирую все ситуации и офигенно себя чувствую».

Евгений Неясов

«Не знаю, как у кого, но я нашел точку („вижу себя, вижу реальность") спустя полтора месяца с начала чтения книги, хотя все это время думал, что знаю, где она. Помогло мне в этом перечитывание главы „Бумажный человек". Теперь, что бы ни происходило, я вижу пользу во всем, а зеркало мира ее реализует. Тафти, спасибо за техники. Мы тебя любим!»

РЕАЛИЗАЦИЯ 1

«Влияет ли частота подсветки кадров на скорость их реализации? Материализуется ли кадр быстрее, если буду подсвечивать его по 10–15 раз в день, или хватит и 3–5 раз?»

Количество здесь не всегда переходит в качество. Сколько раз вам подсвечивать целевой кадр — решать вам. Критерии: это не должно вас напрягать и утомлять; не должно превращаться в механическое, бездумное действие; должно быть в охоту.

«На пути домой у меня несколько светофоров. Я хочу ехать домой после работы на зеленый свет. Какую картинку я должен задавать в этом случае? Нужно ли мне задавать эту реальность на каждый светофор или одного раза формирования желаемого результата достаточно?»

Каждый светофор задавать — замучаетесь. Задайте один раз, с утра. А дальше — зеленые закрепляйте мыслемаркерами (как подтверждение, что получается), а на красных не заостряйте внимания (не в буквальном смысле, конечно).

«Я раньше играл в казино, накопились долги и теперь отдаю их. Люди, которым должен, живут в другом городе. Я отправляю родителям, а они отдают.

Раньше очень грузился по этому поводу. Не клеилось с работой, едва хватало на аренду жилья и еду. Сейчас, с появлением в моей жизни Трансерфинга (ТС), дела пошли лучше. Регулярно отправляю, и внутри стало спокойно. Так как сумма еще приличная, потребуется время.

Хотел у вас спросить, хоть и сам понимаю, но все же. Могут ли мне помешать завести семью мои долги? Почти все деньги с зарплаты я отправляю родителям. Оставляю на еду и жилье. А сейчас такая ситуация в обществе, что девушки смотрят на то, что у тебя есть и чем ты дышишь».

Сможете вы завести семью или не сможете, зависит от зоны вашего комфорта. Если вы сами допускаете такую мысль, тогда сможете. А если сомневаетесь, тогда либо сначала отдавайте долги, либо расширяйте зону комфорта, представляя, как живете со своей семьей.

«Следую технике Тафти, кое-что получается. Но это такая мелочь! Знаю, понимаю, осознаю, что любой навык начинается с элементарного, поэтому никуда не тороплюсь. Но я кое-что не усваиваю. Пример: притягиваю квартиру, осознаю себя здесь и сейчас, активирую косицу, представляю подписание договора и как мне передают ключи от желаемой квартиры. На этом все, дальше идет неразбериха. Как я могу получить квартиру стоимостью 10 миллионов рублей, имея зарплату в 40 тысяч?! Ипотеку выплачивать будут еще внуки. Точно так же и с пассивным доходом. Хочу иметь доход 1 млн в месяц».

Легко получается задавать ту реальность, что расположена на близлежащих кинолентах. Долгосрочные и труднодостижимые цели лежат на дальних кинолентах, до них еще добраться надо. Для таких целей требуется время и систематическая работа с косицей и техникой задания отражения.

Косицей вы подсвечиваете целевые кадры: получаете ключи от квартиры, обустраиваетесь, живете в своей квартире. Время от времени, несколько раз в день, систематически, задавайте реальность, где вы имеете свою квартиру.

Задавая отражение, вы притворяетесь (имитируете), будто квартира у вас уже есть. Ходите по магазинам, присматриваетесь к мебели и предметам обихода, представляете, как вы скоро будете все это покупать и обустраивать свою квартиру. Притворитесь, что пока только выбираете, а покупать будете потом, несколько позже. Все это можно и желательно делать с косицей, время от времени ее включая и подсвечивая кадр.

То же самое с доходом. Вместе с косицей задавайте в мыслеформах реальность, что ваш доход постоянно растет и в конце концов вы получаете 1 млн в месяц. В то же время притворяйтесь, что вы уже очень обеспеченный человек, **живите в этом состоянии**. Создайте себе виртуальную реальность, **живите в этой реальности**.

Если будете так действовать последовательно и систематически, однажды наступит момент, когда вся эта виртуальность перетечет в действительность. Но откуда все это возьмется? Вот здесь важный момент.

Вам нужно внимательно следить за текущей реальностью, а не просто, «зажмурив глаза», задавать реальность грядущую. **Текущая реальность будет меняться, подавать вам знаки, открывать двери, возможности.** Другими словами, реальность будет вам намекать или даже прямо показывать, что вы должны сделать, чтобы достичь цели.

Ведь вы же не думаете, что все это просто так свалится с неба? Вам придется что-то предпринимать, что-то делать. Возможности — пожалуйста — будут предоставлены, а дальше — дело за вами.

«Вообще, имею цель и желание помогать людям, быть нужным. Конечный кадр счастья такой: „Живем с семьей в прекрасном месте на берегу моря/океана с живописным пейзажем (не знаю, как понять, где это место, в России или где-то еще?!). Работаю 3–4 часа в день, занимаю управляющую должность в совете акционеров. Я инвестор. Все свободное время провожу с семьей, жена тоже работает пару часов в день, владеет собственной сетью фитнес-клубов. Дети получают лучшее и качественное образование — как в садике, так и в школе, университете, занимаются профессиональным спортом.

Независимо от того, где мы живем, раз в месяц мы навещаем своих родных. Имеем такой доход, который позволяет покупать все что душе угодно, начиная от квартиры до билетов бизнес-класса. Денег хватает на все. Здоровье только улучшается. Занимаюсь спортом: футбол, теннис, плавание, бег, йога. Несу пользу людям, даю мастер-классы, выступаю публично, провожу тренинги. Каждый день — душевный праздник!"»

Серьезные цели требуют серьезной работы. Здесь, в дополнение к техникам Тафти, необходимо завести

«Проектор отдельной реальности» (есть такая книга-дневник) и хорошенько поработать с ним. А дальше — все техники Тафти, в комплексе. Но главное, держите глаза и уши открытыми, чтобы **увидеть и не упустить предоставляемые возможности.** Тогда и поймете, «где это место» и как всего этого достичь.

Еще раз, и не один раз, внимательно читайте книгу. Задавайтесь своими вопросами, читая ее, и найдете ответы.

«Маятники и равновесные силы теперь как бы уже не существуют, все — часть сценария?»

Почему же не существуют? Разница в том, что если вы живете не просыпаясь, то в вашей жизни все идет по сценарию — и маятники вас захватывают, и равновесные силы действуют по сценарию. Но в момент пробуждения вы открепляетесь от сценария и тогда можете совершать самостоятельные, осознанные поступки.

Освободиться от маятника или избежать равновесных сил вы способны только в осознанном состоянии. Все, что вы делаете в осознанном состоянии — это не по сценарию. Дело лишь в том, что постоянно находиться в состоянии осознания вы не можете. Да это и не нужно. Нужно — **уметь вовремя просыпаться по активаторам, чтобы совершать осознанные поступки.**

«У меня есть намерение переехать в другую страну. Три года визуализации, записки в блокноте плюс действия в материальном мире (не знаю, в правильном ли направлении), но даже нет подвижек в эту сторону. Цель точно моя, выучила язык, изучила все в этой стране вдоль и поперек, завела знакомых из страны, в которую хочу переехать. С энергией я хорошо работаю, важность события не завышаю, радуюсь, как ребенок, но подвижек нет».

Вы можете себя обманывать, что важность у вас не завышена. Скорей всего завышена. А может, и дверь не ваша. Попробуйте обнулить все ваши слайды и начать все с начала, по-новому. Если новые двери (возможности) не откроются, тогда, может быть, и с целью себя обманываете. Но может быть и так, что вы еще не долетели до целевой киноленты и требуется еще немного терпения.

«Никак не могу найти свою миссию. Мечусь из стороны в сторону. То кажется, вот это мое, то другое. В идеале всегда видела себя сидящей ранним утром за ноутбуком и пишущей интересные романы (по которым снимают фильмы) и тем зарабатывающей на свой праздник. Но даже в школе мне трудно давались сочинения, не говоря уже о рассказах. Откуда у меня это желание? Прочитав книгу „Тафти жрица", узнала, что возможно перейти в другой манекен, который умеет это делать талантливо, гениально».

Когда-то не было интернета, и мы писали друг другу бумажные письма, опуская конверты в почтовые ящики. Так вот, две странички мне давались с большим трудом. Не говоря уж о сочинениях в школе. У меня была жалобная троечка по литературе. Я не лирик, а физик, и уж точно не филолог, а скорее технарь.

Но вы читаете художественную книгу «Жрица Итфат», как смотрите кино, верно? И персонажи там настоящие, живые, колоритные, заметили? Как же мне это удается?

Потому что эта книга писалась **на намерении**. Я чисто технически, с помощью косицы, транслировал намерение (в мыслеформах), что я свое дело делаю гениально, блестяще, что персонажи у меня живые и обаятельные и что книга читается как кино смотрится.

Это не талант, не природный дар, а технология, понимаете? **И вы тоже можете, в любой своей области, добиться невероятных результатов.**

Как это работает? В книге «Тафти жрица» подробно описано как. Просто, когда вы регулярно, систематически транслируете определенное намерение, вы перемещаетесь на соответствующую киноленту, где это намерение реализуется. И тогда, (почти) **независимо от своих изначальных способностей**, вы начинаете творить гениальные вещи.

Маленькая оговорка — почти — здесь присутствует потому, что какие-то элементарные задатки все-таки необходимы, объективно. Например, если у вас совсем уж нет музыкального слуха и голоса, едва ли вы станете звездой сцены. У меня тоже кое-какие задатки имеются, но лишь почти — самую малость.

«Никак не могу направить свою жизнь в нужное для меня русло. Постоянно сталкиваюсь с невидимыми препятствиями. Проблемы на рабочем месте с руководством, никак не могу создать семью, никак не могу выйти на нормальный уровень дохода».

Выполняйте рекомендации Тафти, и все в жизни постепенно наладится. Практики Тафти — необходимое и достаточное условие для этого.

Вопрос поставлен слишком абстрактно, потому и ответ такой обобщенный. Единственная зацепка — «сталкиваюсь с невидимыми препятствиями». Но и ее недостаточно, чтобы ответить на вопрос.

Искать ответ придется вам самому. Есть такой универсальный принцип: **что внутри, то и снаружи; что в мыслях, то и в реальности.** Определите, какие ваши мысли создают в вашей жизни препятствия. Скорей всего, это какие-то негативные установки или ограничивающие убеждения.

«Еще в детстве мечтала быть домохозяйкой. Женой необыкновенного мужчины. Знаете, как у Джека Лондона, „хозяйкой большого дома". Вдохновительницей, компаньоном, другом, советчиком. Это может быть предназначением? Сомнения мои от того, что нас учат сначала найти себя, свое предназначение, а потом уж и друг Души появится».

Конечно, это может быть достойной миссией. Об этом я еще в «Проекторе отдельной реальности» писал. Вам потребуется создать в воображении виртуальный персонаж — мужчину, похожего на ваш идеал, и крутить кино, где вы счастливы, подсвечивая кадры косицей. Только не надо слишком идеальным его рисовать, чтобы не затруднять реализацию. И для верности завести себе «Проектор», где будете расписывать свой проект. **Это серьезное дело и требует серьезного подхода.**

«Своим бизнесом я занимаюсь уже лет 12. И он идет то лучше, то хуже, но никогда не шел так хорошо, чтобы я мог купить себе все, что нужно, и быть довольным. Моя цель в общем — это наслаждаться жизнью с семьей, так, чтобы жить в хорошем месте и достаточно путешествовать или просто много отдыхать с близкими. Бизнес скорее рассматриваю как инструмент/дверь для этого.

В одной из книг вы писали, что если стучишься в какую-то дверь 10 лет и не приходишь к цели, то, скорее всего, или дверь не твоя, или цель. Но у меня есть ощущение, что и бизнес вполне себе мой, да и цель моя. Как же тогда объяснить столько лет топтания на месте с переменным и не слишком большим успехом — получается, дверь не та? Менять что-то в корне? Или продолжать искать новые проекты в рамках этого бизнеса? Как разобраться и найти верный путь?»

Если бизнес много лет не растет, значит, в бизнесе застой. Судя по письму, вас больше интересует отдых и наслаждение жизнью. Однако для того, чтобы больше получать, требуется и больше давать. В том же «Проекторе» подчеркивается, что для получения благ вы должны **реализовать свою миссию**.

Миссия заключается в том, что вы можете дать этому миру, людям. Ваш бизнес будет приносить доход, если вы **перенацелите фокус внимания с пользы для себя на пользу для ваших клиентов**. Ведь это клиенты платят вам деньги.

Поднимите планку своих амбиций в бизнесе. Не бойтесь ставить смелые цели. Покиньте общий строй, ищите оригинальные решения, не такие, как у всех. Это азбука Трансерфинга. А вот что говорит по этому поводу Тафти:

«Вы извлекаете пользу для себя, когда думаете не о своей пользе, а о пользе для других. Польза для других должна стать частью вашего кредо. Тогда и с вашей самореализацией не будет проблем. Более того, ваша собственная реализация станет успешной тогда и только тогда, когда в том и для других будет польза. И наоборот, если в том, что вы делаете, другим пользы нет, тогда и вам самим проку не будет».

«Мне не нравится место, где я живу. Внутри квартиры мы с супругой сделали все классно. А вот снаружи много проблем. Нам бы просто денег побольше, и мы бы купили другое жилье. Но деньги же просто атрибут, а не цель? А какая тогда цель в данной проблеме? Ставить целью уход от текущих проблем тоже нельзя? Ни я, ни супруга не знаем точно, чего хотим. Квартиру в центре — круто, дом в коттеджном поселке — тоже круто, свалить в Москву — тоже круто, а может, в Сочи — тоже хорошо. Везде свои плюсы и минусы, и я не могу выбрать.

Меня скорее интересует в целом, чтобы было благополучно и комфортно, а как именно — не знаю. Опять же, если бы просто больше денег, мы бы просто предоставили случаю выбрать за нас и поступили бы по ситуации. Но деньги же не цель. Возникает вопрос, а какой кадр тогда подсвечивать косицей, если я не знаю, где бы хотел быть? Или просто некая мантра, типа „Мне очень нравится место, где я живу, я очень обеспеченный человек и много путешествую"».

«Я хочу переехать, но не знаю, куда хочу» — это несерьезный подход. **Непрофессиональный.** Если вы не знаете, кто же за вас должен знать? Если в голове неопределенность, реальность не нарисует вам готовый проект.

Проект должны разработать вы сами. Для этого хорошо подойдет «Проектор отдельной реальности». А косица усилит ваше намерение. Изучите рынок жилья, условия жизни в разных регионах, съездите в предполагаемое место жительства, поживите там несколько дней хотя бы. Вот это будет серьезный подход.

«Можно ли использовать технику Тафти, чтобы облегчить получение новых знаний? Учусь на втором высшем и понимаю, что учиться стало гораздо трудней, чем в молодости. Понимаю, что можно активировать кадр получения диплома. Но как использовать технику, чтобы улучшить (облегчить) сам процесс получения и закрепления знаний?»

Так и транслировать намерение вместе с косицей, используя мыслеформы: < У меня мощный интеллект, хорошая память, расширенное сознание. Все ясно вижу, ясно понимаю, ясно мыслю, ясно излагаю. Я гений, все схватываю на лету, все легко усваиваю. С легкостью решаю любые задачи. Мне все подвластно. >

Какого себя зададите, такого себя и получите. Как и с реальностью, аналогично. Все дело в том, что если вы регулярно, систематически задаете себе какие-то новые способности и качества, то перемещаетесь на те киноленты, где действительно обладаете заданными способностями и качествами.

«Трансерфинг работает, безусловно. Огорчает лишь в моем случае — с большой задержкой. Я представляю свой целевой слайд более пяти лет. Но так, чтобы это получалось действительно не в напряг, фактически пишу его через день. Не стал мелочиться и заказал на полную катушку. Обычно вдохновения хватало на один-полтора часа записи под вечер. Утром занимался столько же Оком Возрождения и иными упражнениями. Замечал, что на следующий день представлять слайд хочется значительно меньше, будто накапливается некоторая усталость. А вот если пишу через день, то и вдохновение появляется, и усталость куда-то уходит. Но накатывают сомнения — не мало ли я работаю со слайдом?»

Полтора часа на слайд — это уж слишком. Каким же должен быть слайд, чтобы на него уходило столько времени? Возможно, вы там заказываете слишком длинный перечень, в результате чего ваш заказ так и не может исполниться. Нужно выбрать главную цель и сконцентрироваться на ней.

А возможно, собственно работа со слайдом превратилась в самоцель. Большая задержка (пять лет?!) может быть обусловлена тем, что вы заснули и в этом сне, как в бреду, повторяете свой слайд. Если слайд не подкреплен намерением, получится холостой ход. Лучше уж выбрать несколько ключевых кадров (или мыслеформ) и подсвечивать их косицей в осознанном состоянии. Не забывайте, вы должны транслировать намерение, а не рутинную «молитву».

А еще немаловажно держать глаза и уши открытыми, наблюдать за реальностью, чтобы не пропустить открывающиеся возможности (двери). И действовать, а не просто слайды крутить.

«Я работаю над целью иметь автомобиль. Но во время прокрутки слайда или подсвечивания кадра с косицей чувствую дискомфорт. Получается, что эта цель не моя, или с авто связаны какие-то негативные моменты в будущем? Но я не хочу отказываться от этой цели, мне необходим автомобиль, у меня много деток и нужно быть мобильной, общественный транспорт уже не спасает. Вот как здесь мне быть? Я ведь могу вывести себя на линии жизни, где с авто у меня будет все благополучно?»

Нужно подсвечивать кадр, где вы получаете удовольствие от вождения и у вас все благополучно. Возможно, автомобиль пока не входит в вашу зону комфорта — ее нужно расширять, прокруткой слайдов, а также походами в автосалоны. Конечно, с помощью косицы вы можете сделать свое вождение безопасным.

«Сколько по времени может длиться процесс, когда „все идет прахом"? Это может затянуться на несколько лет?»

На несколько месяцев затянуться может, но не лет, конечно.

«Можно ли исправить (переписать) прошлое, если очень надо, если для меня это реально; ведь фантастики и сказок не существует?»

То, что уже случилось, задним числом вы сами изменить не можете. Может только сама реальность, но она это делает лишь по мелочам. Свое прошлое оставьте в покое — смотрите в будущее. Вы можете свое будущее сделать блистательным, в результате чего прошлые ошибки будут казаться незначительными или не ошибками вовсе.

«Моя работа напрямую связана с финансами — торгую на „Форекс", есть инвесторы и целая инфраструктура работы. Результат работы строго финансовый. Я хорошо зарабатываю, жаловаться не на что, и доходы растут, но стабильного хорошего результата в трейдинге, который мне нужен, пока нет. Как лучше ставить слайды, если работа связана с финансовыми показателями напрямую?»

Общие принципы — в книге Тафти, а конкретно в трейдинге — это уже специфика, с этим я не знаком. Поэтому вы сами должны, а главное, можете — определить, что и как надо делать. Вы не глупее меня, а я не умнее вас. Разница может быть только в позициях: берете ли вы себе право решать, что и как будет правильно. Вы это можете. Азбука Трансерфинга: **если берете себе право, оно вам дается.**

«Когда кручу целевой слайд, особенно не ближайший (где я владею нужным мне мастерством), а более отдаленный (где я уже с успехом это мастерство применяю в профессии), то очень часто (почти каждый раз), независимо от моей воли, вместе с нужным целевым слайдом врывается и „слайд-паразит" (мой „страх", где какой-то человек внезапно причиняет мне физический вред с помощью одной штуки, чтобы изуродовать меня). Этот „слайд-паразит" очень навязчивый: только начинаю визуализировать, он „впрыгивает" (или „подлазит", но чаще „впрыгивает"). Как от него избавиться?»

Не крутите целевой слайд, а используйте алгоритм подсветки целевого кадра. Этот алгоритм требует лишь кратковременной сосредоточенности, буквально на несколько секунд, максимум минуту. За это время паразит не успеет к вам «подлезть». А потом и вообще оставит вас в покое.

«У меня есть очень классные способности к „делу А". Я хочу научиться еще делать „дело Б" (цель — моя, душа этого хочет, и разум). Если по технике Тафти я буду подсвечивать кадр, где уже умею делать „дело Б", то не случится ли так, что перенесусь на ту киноленту жизни, где „дело Б" делать уже умею, а вот способности или наработанное мастерство в „деле А" исчезли или ослабели?»

С чего вы взяли, что на другой киноленте дело А у вас будет получаться хуже? Так бывает, если не используешь. Что не используется, то атрофируется. Но переход на другую ленту здесь ни при чем.

***

Успехи читателей

Alena Horn

«Я, например, сколько мне нужно, столько и подсвечиваю кадр, если что-то глобальное для меня, подсвечиваю несколько раз, а вообще за день до десяти разных кадров».

Виктория Рыжакова

«Alena, получается задавать реальность?»

Alena Horn

«Виктория, каждый день задаю. Для меня — это уже норма Жизни, привычка».

Виктория Рыжакова

«Alena, я имею в виду, чтобы в реальности происходило то, что задаете косицей. Так сказать, результат».

Alena Horn

«Виктория, а я вам об этом и пишу. Все задаю — транспорт, события, погоду, вот сегодня было с утра жуть как холодно и пасмурно, сейчас солнце и +14 градусов. Заказов по работе было ноль полдня и не наблюдалось вообще, сейчас уже четыре получила, и т. д. Задавайте все, не стесняйтесь, пусть все само собой для вас складывается удачно!»

Виктория Рыжакова

«Alena, спасибо, я задаю понемногу, просто такое чувство, что я к этому еще не готова».

Alena Horn

«Виктория, значит, как будете готовы, все как по маслу пойдет».

Irem Burak

«Из недавнего — муж нашел новую работу с зарплатой выше, я стала помогать людям по этой технике привлекать желаемые события в их жизни (не у всех получается всегда работать с косицей). Думаю стать профи в этой области. «Починила» планшет. Он плохо работал, после задачи кадра сам исправился.

А по мелочи очень много, чтобы писать. И это нормально, так как задаем мы реальность весь день, вот и прилетает мелкое в больших количествах, только и успевай замечать, подмечать. А еще подправила здоровье себе. Тоже все само прошло, без таблеток и лечения. Хотя до этого год не проходило. В общем, **практика и еще раз практика**. А также игра всерьез в нового манекена и в новую реальность. Мне кажется, что игра — это самое ключевое после косицы».

Ольга Миронова

«Irem, подскажите, пожалуйста, сколько раз в день вы запускаете косицу? А то такие чудесные вещи рассказываете».

Irem Burak

«Ольга, надо работать так весь день. Я просто выполняю алгоритмы Тафти, а она говорит — как только что не так, проблема, ожидание, намерение — светите кадр. Вот так надо это в привычку ввести, и тогда целый день будет получаться так, что вы крутите свое кино, а не смотрите чужое».

Наталия Белокурова

«У меня почему-то обратный эффект. Например, иду гулять в парк. Подсвечиваю кадр, представляю, как я там гуляю, кормлю белок. Подхожу к парку, смотрю — мост ремонтируют. Пришлось идти в обход до следующего 40 минут. Белок в тот день не встретила. Или задумала покупку в определенном магазине. Поднимаюсь в торговом центре на нужный этаж и вижу, что магазин закрылся. И таких примеров много. Почему так?»

Lika Zima

«Наталия, потому что это не ваши желания. В начале книги пишется, что нужно погулять где-нибудь, просто осознавая себя (каждое движение, каждый шаг, осознавать все свое тело, руки, ноги и т. д.) Осознавать — это значит **наблюдать за собой**. Очень крутая практика. После нескольких практик вы поймете, что вы живете во лжи, рабстве ума. Когда придет сильный инсайт, бывает, что до слез, то вся шелуха отвалится. Вскроется ваше истинное я, и вы будете точно знать, чего хотите, и, засветив желаемый кадр, сделаете так, он будет реализовываться. Но нужно начинать с мелочей и наблюдать. Все, что нужно делать, — это наблюдать, наблюдать, наблюдать. Чем больше вы это делаете, тем быстрее падает слой ума. Ум — это не вы, ваши мысли — это не вы, физическое тело — это не вы. ВЫ — это ваше внимание».

Камила Иванова

«Долго пыталась понять, почему в одном случае косица работает, а в другом нет. Решила как-то я косицу испытать и задала кадр, в котором мы с семьей переезжаем в квартиру, большую по площади. Сразу оговорюсь, у нас и до этого было все в порядке с жильем, квартиру свою очень люблю и комнат достаточно всем. Ну просто загадала, для проверки, так сказать. Раз 10 за сутки подсветила кадр. Результат: на второй день приходит муж с работы и говорит, что у них в компании запущен проект предоставления жилья сотрудникам, которые отработали более 10 лет, и сам начальник включил нас в этот список, и нам ее продают за 10% от реальной стоимости такой квартиры на рынке.

Я сначала не поверила и не спешила делиться результатами, но сегодня получили документы, и думаю, что уже можно. Я долго разбиралась, где кроется истина, и поняла, что вообще не хотела новую квартиру, при этом хотя Ее. Как бы объяснить. Это как в кафе ешь салат цезарь, и он вкусный, и ты наслаждаешься и думаешь, что в следующий раз было бы неплохо попробовать греческий. Но в данный конкретный момент ты и от цезаря фанатеешь. Не знаю, понятно ли объяснила, но важности у меня вообще не было. Я это прочувствовала. Теперь понимаю, что с другими кадрами было не так».

Татьяна Завьялова

«Свечу кадр при выезде из дома до конечной поездки. Раньше я это называла: „Ехать в четвертом измерении", где нет ни полицейских, ни аварий и без всяких наездов».

Алена Светлова

«Особенно прикольно „делать" себе везде зеленый цвет светофоров на дорогах. Это просто замечательно!»

РЕАЛИЗАЦИЯ 2

«Вот, к примеру, когда я занимаюсь в спортзале, я стараюсь удерживать свое внимание в центре сознания, но когда мои соратники по залу начинают разговаривать, у меня не получается сосредоточиться. Так же и с косицей, получается ее хорошо почувствовать, только когда вокруг тишина. Скажите, пожалуйста, как можно сосредоточиться так, чтобы все вокруг не отвлекало?»

Перед тренировкой или соревнованием — задать реальность в спокойном месте, что у вас все получается блестяще. При этом вы переходите на киноленту, где действительно все делаете блестяще, по сценарию. Другими словами, если вы систематически задаете свою гениальность, дальше можно смело полагаться на сценарий, который сам поведет вас, а осознанность поддерживать при этом необязательно. Работайте с косицей, в спокойной обстановке. А с опытом сможете уже работать в любых условиях.

«Подскажите, пожалуйста, можно ли начать знакомство с вашими книгами не с первых ступеней, а, например, с книги „Тафти"? И еще, у меня проблема с выражением своих мыслей, хочу сказать, представляю, но не могу подобрать слова, иногда на это даже уходит несколько минут, трудно бывает вспоминать имена людей или название организации, о которых хочу рассказать. Память меня часто подводит».

Можно начать и с Тафти, если вдумчиво ее читать. Если же проблема с выражением мыслеформ, уделите сначала специальное время, чтобы их сформулировать. Лучше это делать на бумаге. А потом уже работайте с ними вместе с косицей.

«В мелочах уже все освоила. Получается. А вот реализация серьезных целей вызывает один вопрос, о который я спотыкаюсь. Например, я хочу переехать в собственный дом. И не просто дом, а что-то типа родового поместья, где будут жить и мои родители, и мои взрослые дети. Какой в этом случае должен быть кадр? Или серия кадров? Могу ли я представлять нас всех вместе радостных и счастливых, допустим, на лужайке у дома с нашими собаками. Не будет ли это воздействием на них? К слову сказать, без моих близких мне этот дом не нужен вовсе. И еще. Мечта о родовом поместье — наша общая мечта, и воплощать ее мы хотим вместе. Можно ли в таком случае коллективно подсвечивать приблизительно один и тот же кадр? Даст это усиление эффекта?»

Долгосрочные и труднодостижимые цели требуют больше времени, систематических занятий с косицей, а также открытых глаз и ушей, чтобы не пропустить предоставляемые возможности. Совместные усилия по реализации данной цели, конечно, дадут двойной и тройной эффект. Но при этом надо еще всем быть уверенными, что вы уживетесь все вместе в одном доме. Такое редко бывает, чтобы большая семья из нескольких поколений уживалась без проблем и конфликтов.

«Вопрос: если после наметившегося чудесного суперпозитивного движения к положительным переменам вдруг начался глобальный сбой планов, постоянные задержки, то что делать и что это значит?»

Кажущийся сбой планов — это сбой ваших планов. Но откуда вам знать, по какому плану вы должны прийти к цели? Ваше дело — задавать реальность, а не анализировать сценарий. Во всем ищите Пользу.

«После выхода книги огромное количество людей узнало о техниках Тафти и стало применять их в своей жизни. Это как-то повлияет на жизнь в целом? Будет ли сложнее менять лично свой сценарий? Или это смогут делать только те, у кого косица достаточно развита?»

Узнало много людей, но реально применяет как раз таки мало. Люди в основном инфантильны, а также находятся в тисках системы, которая блокирует их энергию. Подробнее об этом в книге «Взлом техногенной системы». Не беспокойтесь, «конкуренции» здесь нет. Будете использовать техники Тафти — получите огромное преимущество по сравнению с остальными членами общества.

«Прошу вас прояснить тему визуализации процесса. В техниках Тафти визуализация процесса не упоминается, весь упор на работу с конечной целью, слайдом, при помощи косицы. В Трансерфинге вы дали понять, что визуализация процесса это не иначе как „главная рабочая лошадка" всей технике. У Тафти этого нет вообще. Вопрос: при работе с косицей по методу Тафти не стоит применять технику визуализации процесса?»

Используйте в первую очередь техники Тафти, они более эффективны. Подсветка кадра (или даже слайда, если хватит сосредоточенности) по алгоритму с косицей — мощнее, чем просто прокрутка слайда. Фиксация подвижек мыслемаркерами, опять же с косицей, — мощнее, чем просто констатация событий. Наиболее убедительным для разума является то, что находит подтверждения в действительности. А косица служит, во-первых, мощным усилителем намерения, а во-вторых, своего рода интерфейсом к внешнему намерению.

«Я начала практиковать намерение с косицей в ванной, с активацией на выдохе. Так как принимаю ванну почти каждый день и именно в ней вспоминаю про технику каждый раз.

Мне очень захотелось уметь делать все гениально. И я запускаю это намерение, представляю, как у меня получается организовать свое дело, как правильно я выстраиваю систему, как гениально решаю все задачи, хотя реального опыта в этой сфере нет никакого: ни в бизнесе, ни в выстраивании коммуникаций. Задаю себя как обаятельную личность. Представляю, как продолжаю сотрудничество со своим клиентом после завершения срока действия договоренностей. Косицу в большей мере представляю, чем ощущаю, и нечеткое ощущение между лопаток ловлю. В ванной после этого спокойно не лежится. Хочется двигаться сразу.

Практикую пробуждение и нахождение в точке осознания. И вот что заметила: как только я возвращаюсь в эту точку, мне становится сразу спокойнее, на глазах фоновое напряжение спадает — а ведь я этого напряжения не осознавала даже!

Пока тренирую эту привычку, дальше по техникам не иду. Хотя, может быть, правильнее все тренировать, как только получается вспомнить?

Единственное, для меня мощным активатором является предстоящая встреча, и в этих ситуациях я начала задавать грядущий кадр: нужный мне результат конкретно этой встречи.

Реальность видимо начала реагировать, но не понимаю, точно ли по моему запросу.

Последние две недели постоянно сталкиваюсь с пренебрежением по отношению к себе: на мои звонки могут не отвечать, на встречи ко мне не приходить, какие-то отговорки, то, что обещают сделать, — пропадают молча и не делают, а появляясь снова, не извиняются, хоть и делают что нужно в итоге. Хожу и прошу свое же. Причем даже в магазинах, где обычно девушки приветливо улыбаются, мне достаются высокомерные леди... В личной жизни также мне говорят: сиди, жди, должна понимать, что у меня дела, что я заболел, что опять дела, а теперь поездка...

И все это одновременно. Везде.

Но самый апогей случился в последнюю ключевую встречу, на которую я приехала сама, без своего старшего партнера, по своей личной инициативе. Почему-то наговорила, что у меня компания большая, визитку оставила, хотя изначально мы планировали сказать, что я девочка на подрядах. Плюс неверно поняла определенный намек...

В общем, сначала я ушла с ощущением, какая я молодец и все круто сделала сама! А потом позвонила старшему партнеру рассказать результат встречи, и он так меня отругал! В общем, получилось, что я, наоборот, все испортила. Мне пришлось перезванивать человеку, извиняться... И пока неизвестно, какого результата я всем этим добилась. Ехала я с этой встречи полностью разбитой. Мне понадобилось два дня отлеживания дома, чтобы как-то восстановиться.

После последней этой встречи, в ванной продолжаю задавать свою гениальность, потому что я хочу, чтобы именно так и было. Но в реальности формируется убеждение, что я ни на что не способна, зря я полезла в бизнес, ничего не умею, ничего не стою, говорю не то, не так, мои неконтролируемые усмешки в речи плюс ко всему и т. д.

Пишу это и вспомнила строчку из книги: кто первый поддастся — вы или реальность.

Интересно, это применимо ко мне в данный момент? Надо продолжать задавать свою успешность и гениальность в построении своей компании? Или, наоборот, это сигнал искать другую область приложения усилий?»

С одной стороны, вы пишете, что задаете свою гениальность, и все делаете правильно. Но с другой, тут же упоминаете, что «хотя реального опыта в этой сфере нет никакого: ни в бизнесе, ни в выстраивании коммуникаций». В результате — все чуть ли не до наоборот.

Наверное, так получается потому, что вы сразу берете высокую планку, находясь на нижней ступени карьерной лестницы. Вам нужно сообразовывать задание себя и своей реальности исходя из реального положения вещей на данный момент. Например, если вы, будучи рядовой секретаршей, станете задавать реальность, где вы прокручиваете сделки на уровне и в компетенции топ-менеджмента, реальность, конечно, среагирует, но скорей всего неадекватно. По карьерной лестнице лучше подниматься постепенно, декларируя, что **вы блестяще выполняете свою работу и вас продвигают все выше.**

Еще один момент. Могут быть побочные эффекты. Например, когда я сам задаю свою гениальность, меня начинают окружать люди, которые делают всякую лажу, буквально, бракоделы какие-то. Но со временем это проходит. Наблюдайте и учитесь, как следует задавать реальность в вашей жизни.

«Косицей мы подсвечиваем надвигающийся кадр, то есть ближайшее будущее? А как работать с долгосрочной перспективой? Скажем, если мое намерение выйти замуж, я свечу кадр, где уже с мужем в нашем доме, или кадр, где мы знакомимся и отношения зарождаются? Хочу похудеть — кадр, где я в идеальной форме, или кадры, где я все стройнее?»

Косица подсвечивает не только ближайшее будущее. Аналогично она подсвечивает и будущее весьма отдаленное, только до него «лететь» по киноленткам далеко. Вы можете подсвечивать как отдаленное будущее, так и ближайшее.

Но все же лучше конечный кадр. Если вы хотите жить с обеспеченным человеком, вы должны встретить такого, который на это способен. Подсвечивайте кадр, где живете в обеспеченной семье, и одновременно присматривайтесь, не встретится ли подобный кандидат поблизости.

В то же время вы должны понимать, что люди с высокими амбициями подыскивают себе достойную пару. То есть вы должны заниматься своей внешностью и саморазвитием. Задавать себя как совершенство и одновременно выполнять **тридвижение**. Кадры, где «я все стройнее», это скорей не кадры, а мыслемаркеры, которыми вы констатируете подвижки.

«Можете ли вы ответить, что делать с плохими, негативными мыслями, которые будто сами лезут в голову. Особенно когда я пытаюсь активировать косицу. Всякие жуткие, то, чего я совсем не могу желать. Бывает какой-то страх, всегда боюсь за детей. Понимаю, что этим могу только навредить. Как отгонять эти мысли? Как успокоится?»

Наблюдайте за своими мыслями. Помните, что ваши мысли — это не вы. Вы — это ваше внимание. Перед началом работы с косицей необходимо войти в спокойное расположение духа и подготовить «поле своих мыслей» позитивными установками. А затем, активировав косицу, быстро и сосредоточенно проговорить эти позитивные установки.

«Как лучше задавать реальность? Я имею в виду следующее: реальность нужно/можно задавать на следующий день? Или перед каким-то действием текущего дня, подсвечивая желаемый результат? Или на год? Или сразу на какую-то конкретную цель (большую или маленькую)? Или сразу на глобальную перемену в жизни, подсвечивая результат этого изменения?»

Реальность надо задавать и ближнюю, и долгосрочную. Выберите одну основную цель — и задавайте ее систематически. А по ходу — каждодневные цели.

«Как отличить препятствия, те, которые нужно пройти (доверяя своему миру) на пути к своей цели, от тех, которые говорят тебе, что это не твоя цель, дверь?»

Ваша дверь — это там, где все просто и понятно и легко. Чужая дверь — это где трудности, сложности. Хотя все относительно. В ваших дверях и трудности могут случаться, и без труда нигде не обойтись. Чужие и ваши двери познаются в сравнении — где проще, туда и следуйте.

«Как техника с косицей сочетается с другими практиками Трансерфинга? Например, со стаканом воды».

Трансерфинг — это больше состояние — в смысле, жить в состоянии, пусть даже виртуально, пока виртуальность не перейдет в действительность. Косица — это больше импульс — короткий и мощный импульс по заданию реальности. Если сочетать ту и другую технику, это будет, конечно, эффективней. То есть стакан воды + косица = эффективность. Если сумеете эти техники совмещать, конечно. Я бы совмещать не рекомендовал, если вы не очень еще опытны. У разных техник разные механизмы работы.

«Можно ли „заиграться" в зазеркалье? Я транслирую свою желаемую реальность, проваливаюсь в зазеркалье и мне там хорошо, но в данной реальности начинает остро чувствоваться, что она уже не моя».

«Заиграться в зазеркалье» означает замечтаться. Задание реальности — это осознанный, можно сказать, педантичный процесс. Играться идите в песочницу. Гуляние живьем в кинокартине — в общем-то, довольно серьезная штука.

«Когда человек покупает лотерейный билет и намеревается выиграть по нему, подсвечивает кадр, получается, он сценарий тоже задал? Ведь он работает с конкретным лотерейным билетом. Тогда как быть с лотереей, не задавать?»

Выигрыш по лотерее как свершившийся факт — это кадр. Его можно задать. Но не факт, что выигрыш будет, потому что этот кадр может лежать на очень отдаленной киноленте. Игра (на бирже, в казино, в лотерею) неохотно поддается подсветке.

«Объясните подробнее, что означает „быть ни при чем"?

Будет точнее, если отойти от грамматики и сказать — «быть не причем», чтобы подчеркнуть значение: вы НЕ причина изменений в реальности. Вы лишь подсвечиваете кадр, а он уже сам материализуется, через посредство метасилы. Механизм внешнего намерения включается только в том случае, если вы действуете так, что причина НЕ вы, причина НЕ в вас. Об этом надо помнить всегда. Чтобы, работая с косицей, вы по старой привычке не скатывались в усилия внутреннего намерения. С косицей важно не усилие, а сосредоточенность и отстраненность. Вы подсвечиваете кадр, будто это НЕ вы, а некто другой. Вы НЕ причем. Вы должны говорить себе: «Причем тут я? Я не причем».

«Сегодня сидел, занимался своими делами и вдруг решил, несерьезно так, задать одно событие, обратил внимание за спину, представил и забыл об этом. Просто забыл. И что вы думаете, вечером это событие произошло. Хотя вероятность этого была нулевая. Почему так произошло? Потому что важности не было? Такие события происходят достаточно часто. Но именно в тех случаях, когда подумал о чем-то случайно. А когда специально задаешь, так фиг, ничего не реализуется. Желание мешает. Что делать с этим? Я же не смогу полностью избавиться от желания».

Исполнение СПОНТАННЫХ заданий реальности иллюстрирует подключение метасилы. Читайте главу «Задние мысли» из книги «Жрица Итфат». Неисполнение ваших **СПЕЦИАЛЬНЫХ** заданий реальности иллюстрирует ваши усилия в чем-то. Задняя мысль — это **отстраненное позволение**. Метасила подключается, когда не прилагаешь усилий. Вы должны не давить на реальность, а **позволить метасиле подключиться**. Разберитесь, где вы прилагаете усилия.

«Да как их не прилагать-то, я так не умею».

Умеете. Ищите состояние сосредоточенности + отстраненности. Найдете.

Полная решимость + отстраненность. Когда прочувствуете, что это такое, станете мастером. Для этого нужен либо талант (дар), либо постоянная практика с алгоритмами и косицей. Решимость — это чувство собственной силы и присутствия Силы внешней. Отстраненность — это осознанное отделение себя от важности, сомнений, страхов, вожделений и отказ от давления на реальность. Вы не давите на реальность своей решимостью, а **наблюдаете, как она сама реализуется**. Решимость нужна не для реальности, а лично для вас самих.

* * *

Успехи читателей

«Я познакомилась с ТС в 2011 году и прошла путь от человека, вечно всем недовольного, до человека, от всего приходящего в дикий восторг, и все благодаря ТС. Хотя, как говорят, кто готов — к тому учитель и приходит.

Глубокой осенью 2010 я поймала себя на том, что нельзя быть такой хмурой, вечно недовольной жизнью. Тогда мне было всего-то 22 года. „А что же будет дальше?" — спросила я себя.

И уже весной ко мне через друга пришла информация о ТС. Слушая ваши книги, я как будто открывала все то, что было уже во мне, только я об этом не знала. ТС дался мне так легко, что я сразу же перешла на живое питание и начала формировать свою реальность.

Она достаточно быстро откликнулась, и начали происходить такие удивительные вещи, так легко и просто мне удавалось использовать силу внешнего намерения. А четыре года назад я решила кардинально сменить декорации, приобрела «Проектор отдельной реальности» и расписала свою жизнь: мечты разложила на цели, и определила первые шаги, и начала действовать.

Так родился мой небольшой бизнес, который я выстраивала тоже с помощью внешнего намерения. Удивительный опыт, через который я открыла в себе столько всего интересного. А главное, от чего я пребываю в некотором приятном «шоке», это как мне удалось соединить через ОДНО любимое дело (которое я искала с помощью техники „стакан воды") все сферы моей жизни. Ваши слова «найдите свою цель, и все остальное притянется» работают ого-го как! Я еще в процессе, но вещи происходят волшебные. Спасибо вам!

А по поводу косицы, даже не знаю, что сказать. Если я все верно поняла, я ее давно использую... потому что каждый раз, когда я говорю со вселенной (своей душой), а такая связь бывает очень-очень частой, я чувствую невероятный поток энергии, проходящий вдоль всего позвоночника, растекаясь приятным теплом по всему телу... космос просто».

«После рабочего дня звонит начальник, говорит, что срочная задача, нужно решить до завтра, можно удаленно из дома. Я как-то не очень был рад этому, поскольку почти никогда не видел данную программу и не особо знал, как ее отлаживать, до утра пришлось бы сидеть. По дороге домой несколько раз активировал косицу с мыслеформой, что проблема решается легко и быстро. Приехал домой, включил ноутбук, посмотрел на задачу поближе, понял, что без косицы не разобраться. Активировал еще раз, и тут звонок от начальника, говорит, что нашел других ребят-разработчиков, которые уже сидят, разбираются, и что я могу быть свободен. Я, конечно, обрадовался».

«Езжу на работу на такси. Если ехать по главной дороге, то мне потом пешком немного идти надо, но есть еще другая дорога прямо до места работы. Таксист обычно набирает полную машину пассажиров, которым ехать в одну сторону, как правило, большинство пассажиров едут по главной дороге.

Начала я с того, что стала задавать, как еду на переднем сиденье машины, работает удивительно — либо машина пустая ждет, либо таксист сам настаивает на том, чтобы я сидела спереди. В дождливую погоду, когда не хочется идти пешком, задавала, как меня довозят прямо до места работы — попадаются таксисты, которые знают, где я работаю, и сразу везут меня туда.

А однажды было очень интересно, когда я забыла задать это событие заранее, о чем вспомнила только по дороге. Ну все, думаю, идти мне пешком еще, так как мы уже скоро должны были проехать нужный мне поворот, и машина была полная, а людям обычно на главной дороге надо выходить. Но я решила ради интереса задать, как я выхожу из машины прямо возле места работы. И вдруг через несколько мгновений один из пассажиров просит остановить машину, и все трое выходят. После чего водитель спрашивает, куда меня довезти, и везет меня до места работы».

МАНЕКЕН

«Можно ли при помощи косицы вывести сознание на еще более высокий уровень?

Пример: быстро и качественно соображать, осознанно принимать решения, видеть реальность. В общем, становиться осознанным. Упражнение: я активирую косицу и представляю, как сознание становится яснее, представляю, как в голове светится вспышка света и в это время сознание становится чище, мусор сжигается в голове, интеллект становится сильным».

Все правильно делаете. В книге Тафти сказано, что вы можете стать тем, кем не являетесь. Выполняя это упражнение, вы повышаете свои способности, переходите в другой манекен. Это вполне реально.

«Что делать, если хочу быть человеком храбрым, способным защитить ближнего и слабого. Но не всегда охота заниматься боевыми искусствами. Заставлять себя идти на тренировку тяжело. Хотя после тренировок чувство свободы и радости испытываю. Определенная база есть. Сэнсэй говорит мне, что я в шаге от того, чтобы быть мастером. Достаточно ли для обретения таких качеств (смелости, храбрости, мужественности), если выведу энергетику и осознанность на высокий уровень. При том что я регулярно занимаюсь физическими упражнениями (растяжка, турник, гантели) и постепенно увеличиваю количество живой пищи в рационе. Физическая форма хорошая».

Помимо физического совершенствования, необходимо исповедовать принципы Лады и Пользы. В таком случае в вашей реальности не будет возникать ситуаций, в которых нужно применять силу.

«У меня есть генетическая особенность кожи, которую я ни у кого не встречала, в связи с чем у меня возник комплекс неполноценности, я хожу на лечение, оно очень долго длится и следы все равно остаются. Врач говорит, что на 100% избавиться от этого не получится, что меня очень угнетает, и я никак не могу принять себя такой, какая Я есть, хотя понимаю, что нужно позволить себе быть собой. В связи с чем тормозится моя личная жизнь, точнее я сама торможу ее, потому как я не могу близко подпускать к себе молодых людей из-за страха, что они увидят мои кожные особенности и не захотят дальше выстраивать со мной серьезные отношения, хотя внешне на лицо и фигуру я красивая девушка и много мужчин со мной знакомятся и обращают внимание, не видя их. Прочитав книги по Трансерфингу и „Тафти жрицу", я осознаю, что я сама, возможно, себе установила эти преграды, но, с другой стороны, ведь их я не придумала — у меня действительно есть участки кожи, которые выглядят эстетически непривлекательно и постоянно вызывают у людей расспросы об этом».

Вы придаете слишком большое значение этой своей «неполноценности». Вообще очень мало людей совершенных и полноценных, считанные единицы, можно сказать. Вы действительно тормозите свою личную жизнь именно из-за такого отношения. Поверьте, молодые люди могут на многое закрыть глаза, если, как вы пишете, внешне выглядите красиво.

Ну а недостатки кожи можно устранить техникой Тафти в ванной, проговаривая мыслеформы типа: моя кожа становится все чище, я выгляжу очень привлекательно, и вообще, притягиваю к себе людей. Не пренебрегайте этой техникой — она многое способна изменить. В новый манекен вселитесь.

«Мне 33 года, и с начальных классов ведутся поиски решения этой проблемы. В пять лет напугала собака. Со школы все начало сильно усугубляться путем насмешек одноклассников и вообще чувства неполноценности. В институте прогрессия стала нарастать, особенно когда дело стало касаться знакомства с прекрасным полом. Могу сказать, что предпринято попыток и методов ОЧЕНЬ много, все они не дали ощутимого и стабильного эффекта. Начиная от логопедов и бабушек, заканчивая опытными психотерапевтами».

Вам нужно в ментальный шаблон (сознание) вписать новую прошивку. Сначала научитесь входить в альфа-состояние мозга. В любое свободное время, лучше перед сном, лягте на спину и спокойно дышите. Дышите именно свободно, как дышится. Потом ощутите, что при вдохе энергия входит через ваши ступни, проходит сквозь все тело и на выдохе выходит из головы. (Можно чередовать и в обратном направлении.) Научитесь это делать спокойно и непринужденно. Когда научитесь, во время такого дыхания проговаривайте в мыслях простую мыслеформу: моя речь налаживается, я говорю свободно. Повторяйте так многократно, пока не заснете. Потом, наедине с собой практикуйтесь в нормальной речи и фиксируйте подвижки. Вам придется много потрудиться, но в конце концов новая прошивка войдет в ваше сознание и все наладится.

«Дело в том, что я уже давно чувствую, в чем мое призвание. Но у меня сильные психические (или психологические) проблемы. Неспособность общаться, страх перед людьми, боязнь что-либо говорить. (Плюс медленная речь, заторможенность и с трудом выражаю свои мысли.) Наверное, нет смысла описывать, как и откуда это все возникло.

Но поскольку человек — существо социальное таки, то вся жизнь и деятельность завязана на общении с людьми. Я не вижу, как мне преодолеть этот барьер, чтобы начать заниматься своим делом, выйти на свой путь».

Вы вполне способны стать тем, кем не являетесь, тем, каким хотите себя видеть. В книге Тафти об этом все подробно расписано. Займитесь заданием своей реальности и тридвижением в комплексе. Не сразу, постепенно все наладится, если будете настойчивы и последовательны. Все в ваших руках.

«Можно ли с помощью косицы исправить зрение — у меня минус 2,5 оба глаза. С помощью техник Жданова сделать это не удается».

Техника Тафти трансляции мыслеформ в ванне вместе с косицей. Таким образом вы меняете свой манекен, у которого лучше зрение. Это реально работает. Только надо быть целенаправленным и последовательным в этом деле. Делать это систематически.

«Могут ли среди манекенов в сновидении попадаться живые души?»

Конечно, могут. Ведь все люди спят, и в какой-то момент вы можете встретиться на киноленте сновидения с одним из спящих.

«Можно ли восстановить зрение с помощью визуализации и аффирмаций? И можно ли изменить рост?»

Тафти говорит, что можно значительно изменить, усовершенствовать свой манекен, если выполнять ее практику проговаривания мыслеформ в ванной, глава «Косица с потоками». Все возможно при должном усердии и систематических занятиях.

«У меня такой вопрос: если я задала новый, красивый, молодой манекен, нужно ли в „старый" продолжать вкладывать деньги? Косметологи, крема и прочее?»

Нужно. Следует не только новый манекен задавать, но и в физическом плане помогать своему манекену меняться, то есть заниматься фитнесом, ну и к косметологу, конечно. Физические изменения в манекене происходят медленно, еще с большей задержкой, чем в реальности. Так что с манекеном своим придется потрудиться.

«Уже неделю с лишним активно использую практики Тафти, на фоне перерыва, когда чуть подзабыла о них. И сегодня в зеркале с утра увидела как будто не себя, то есть лицо-то мое, но как будто с чуть изменившимися чертами. Едва уловимо, но достаточно, чтобы заметить. Да и внутреннее самоощущение как будто чуть поменялось. Я немного в шоке. Можно это как-то объяснить?»

Видимо, далеко по киноленам вы ускакали в своих практиках. А там уже и манекен другой. Теперь, когда вы убедились, что манекен может меняться, закрепите этот факт мыслемаркером. Прошивка в вашем подсознании перепишется, и вы сможете при желании совершенствовать свой манекен.

* * *

Успехи читателей

Анна Анна

«По поводу изменения своего манекена. Кручу определенный слайд, ясное дело, с косицей. Особо ничьих гениальностей не принимая, полагаясь на свою собственную уникальность. Сегодня моя мамочка (!!!) сказала: „Доча... не пойму... ты ж вроде никакую пластику не делала... но... ТЫ ИЗМЕНИЛАСЬ". Если даже родная мама зафиксировала изменения в моем манекене!»

Лариса Зеленцова

«Спасибо, Тафти! Это реально работает! За полгода работы с косицей над своим манекеном жизнь меняется кардинально. Главное, меняюсь я! У меня изменилась фигура, образ мышления и окружение. Начинаешь светиться изнутри, и люди слетаются, как мотыльки, я купаюсь во внимании, любви, радости... это так замечательно! И знаю, что ничего невозможного нет, только надо захотеть и не лениться».

Ангелина Гусева

«Долго не получалось забеременеть, пока не начала слайдить животик с малюткой. И вот, вуаля!!! Вчера заветные две полоски!!! Мысли материальны 100%».

Елена Медянина

«Я работаю над своим манекеном, подсвечиваю каждый день. Результаты очень вдохновляют, попутно прошла курс массажа всего тела и сейчас хожу на массаж лица. Раньше не было на это времени и денег! И что ОЧЕНЬ интересно, на левой ладони у меня изменились линии, линия жизни и линия ума».

Илья Касимов

«Недавно я стал замечать, что мои намерения реализуются четче и быстрее, если я во время активации косицы нахожусь в состоянии пофигизма и отрешенности, важность на нуле. Со словами «А не плохо было бы сейчас то-то и то-то», поднял косицу, послайдил. Сбросил ощущения со спины и пошел заниматься другими делами. Все, точка. Если же я напрягаюсь, волнуюсь, хмурю брови во время процесса (то есть завышаю важность) — результат стремится к нулю».

Mr Iks

«Поделюсь небольшим прогрессом по улучшению своего манекена: всего две недели крутя мыслеформы о своей гениальности и о том, что учеба в институте дается легко и доставляет удовольствие, — я действительно стал лучше учиться и понемногу понимать даже такие предметы, на изучение которых еще со школьной скамьи стоял блок. И да, процесс развития стал доставлять удовольствие. И это без полного комплекса тридвижения! А то ли еще будет!»

Ирина Гаятри

«Мои тренировки с кассами с каждым днем все успешнее — постепенно вхожу в свой манекен, перед которым стоят пустые все кассы мира. Плюс я себя приучила просыпаться при общении с кассирами — провожают почти как родственницу. А на прошлой неделе один мужчина наблюдал за мной, как я покупала себе булочку. Подошел потом знакомиться, сказал, что у меня очень приятная энергетика. Хе-хе-хе».

Julie Julie

«Манекены моего сна очень борзые, отвечают вопросом на вопрос. Я все-таки спросила одного: „Кто ты?" На что он ответил мне: „А ты кто?" Я сказала как по написанному: „Я это я". И улетела куда-то наверх. Не понравился он мне. А он мне вдогонку снизу о себе почему-то во множественном числе что-то несуразное. Забыла уже что. В общем, поговорили».

ОТНОШЕНИЯ

«Как можно притянуть в свою жизнь определенного человека, если мы на данный момент не общаемся и контакты практически утеряны, а человек очень дорог? Можно ли материализовать его хотя бы просто для общения? Визуализировать его? Посылать ему любовь?»

Лучше притяните в свою жизнь абстрактного (другого) персонажа, задавая такую реальность, где какой-то человек (с такими параметрами, как вам нравится) вас находит и вы с ним счастливы.

Что касается конкретного человека, притянуть его к себе означает изменить его сценарий. Его сценарий и его кинолента — не в вашей власти. Еще вам может казаться, что он и только он вам нужен. Но это может быть лишь у вас в голове, а в реальности будет совсем иначе.

Если же считаете, что он нужен вам позарез, — идите и общайтесь с ним напрямую, буквально внаглую. Не получится — значит, не ваш это человек, и нечего на нем зацикливаться.

«Подскажите, как лучше использовать косицу для поиска второй половинки. Есть человек, который нравится. Если представляю абстрактного человека, нет чувств и желания. Если конкретного, то есть. Не претендую на этого конкретного. Только его слайдить приятно, абстрактного — нет желания. Конкретный появился в моей жизни недавно, после долгих аффирмаций и слайдов. Но признаков движения нет. Хочу начать работать с косицей».

С конкретным человеком лучше общаться непосредственно, используя принцип задания образа. Нужно быть решительней. Не так велика важность, как представляется. И человек не так значителен, как может казаться. Может быть, он одинок (хоть внешне это может не проявляться) и только и ждет, что кто-нибудь вроде вас **проявит к нему интерес и симпатию**.

Но если общаться не хотите ни в какую, используйте косицу. Получится — хорошо, а не получится, ничего не потеряете.

«Как с помощью косицы подсвечивать кадр с абстрактной личностью, как застывшую картинку видеть со стороны, или так же, как в слайде, быть внутри, двигаться, чувствовать, и можно ли представлять конечный результат, будто уже живем вместе, а не так, что моя половинка находит меня?»

Визуализацию с абстрактной личностью следует выполнять исходя из ваших представлений, как умеете, как вам комфортно. Это вам решать, что вы считаете нужным и правильным. Визуализируйте что хотите. Именно то, что вы хотите, а не то, что я вам скажу. Только в таком случае визуализация будет полноценной и действенной. Единственный нюанс: вы должны быть **внутри картинки действующим лицом**, а не зрителем, наблюдающим снаружи.

«Понятно, что использовать косицу для влияния на людей нельзя. А если, например, желаешь кому-то здоровья или счастья — тоже не надо?»

Тафти говорит, задавать реальность можно, задавать людей нельзя. Нельзя в смысле не получится — в вашем распоряжении только слой вашего мира. Ваш маленький ребенок (до раннего подросткового возраста, наверное) находится в слое вашего мира. На него вы влиять можете. На других — едва ли. Но можете попробовать. Бывает, что получается.

«Вы говорите, что визуализировать слайд необходимо только в отношении самого себя. Но моя цель связана с моей семьей, с женой, с детьми. Могу ли я визуализировать слайд с их присутствием?»

Конечно, можете. Главное, чтобы основным действующим лицом в этом слайде были вы сами.

«Если я хочу найти свою вторую половинку и задаю реальность с абстрактной личностью, нужно ли мне задавать черты ее внешности и характера, или достаточно будет просто визуализации жизни с абстрактной личностью?»

Когда занимаетесь поиском своей половинки, вам надо твердо уяснить: важны не столько детали ее внешности и характера, сколько ваши ощущения — **хорошо ли вам с ней и хорошо ли вам с собой, когда вы с ней**. Важнее всего, как вы сами себя чувствуете, комфортно ли вам, нравитесь ли вы себе или, напротив, становитесь другим человеком, и вам неуютно, и вы сами себе не нравитесь.

Вот на что надо обращать особое внимание. И соответственно задавать кадр, где вам хорошо, когда вы общаетесь с некой абстрактной личностью, с неким своим идеалом. Пусть черты и качества будут расплывчаты. Главное, чтобы вы себя хорошо чувствовали в этом кадре. А когда с кем-то познакомитесь, опять же, обращайте особое внимание именно **на свои ощущения**.

«Тафти всегда подчеркивает, что нельзя задавать людей и влиять на их поведение. Я раньше практиковала такой прием. Когда ловила себя на мысли, что начинаю негативно реагировать на что-то, я заменяла это на позитивное. Например, муж сказал что-то в раздражении. Если я ловила себя на мысли, что муссирую в уме обиду, то просто переворачивала свои мысли на противоположное: „у него веселый и легкий характер, он очень легко отходит и прощает". Это всегда работало, как по волшебству. Считается ли это, что я „задаю" человека?»

Вы задаете не человека, а отношение к нему. А он уже потом реагирует на ваше отношение. Мы все реагируем на людей по их отношению к нам.

«Я мысленно перечисляю всех своих близких с установкой на здоровье. „Я здорова и хорошо себя чувствую, муж здоров и хорошо себя чувствует... и т. д."

Мне кажется, что это тоже хорошо работает. Можно ли так делать?»

Можно. Если вы живете в тесном контакте и в непосредственной близости с человеком, тогда **возможно**, вы оба находитесь на одной киноленте. В таком случае, задавая свою киноленту, вы перетаскиваете туда и близкого человека.

«Слайдю отношения с абстрактным человеком, но образ бывшего возлюбленного тоже постоянно присутствует в мыслях, стараюсь любить его безусловно, но совсем забыть пока не могу, не помешает ли это притянуть свою половинку?»

Помешает. Бывшего надо забыть. Зачем продолжать любить его? Переключить внимание на других людей надо.

«У меня есть сын, ему 23 года. У него, не знаю почему, отсутствует способность зарабатывать. Вижу, что старается, устраивается на работу, там что-то случается, и ему приходится уходить с работы. И вдобавок, еще и должен остается зачастую за какие-либо случайности, не всегда по его вине. Краску, например, кто-то поставит так, что она опрокидывается на машину его клиента, и он в итоге должен оплатить ремонт. Ну и т. д. Как следует мне задавать реальность, чтобы сыну помочь выйти на успешные ленты жизни? Понимаю, что за него нельзя это выполнить, вопрос в том, что я могу в этом случае предпринять?»

Вы за взрослого сына действительно не сможете ничего сделать. Невезучесть и неспособность получать вознаграждение за свой труд — это искривление внутреннего пространства. Отсутствие внутреннего стержня, внутренний разлад, нет четкой жизненной позиции, нет своего кредо. Тут надо ему самому работать над собой. Начать следует с элементарного: принципы Пользы и Лады, чтобы хоть твердую почву под ногами обрести. А дальше — **тридвижение в комплексе**.

«Вот не пойму. Тафти говорит, что для того, чтобы что-то получить от людей, надо сначала им это дать. Делаешь для людей хорошее, делаешь, а они начинают тупо тобой пользоваться. Еще и обманывают. Подчиненные, например, пока их не отматеришь, делать ничего не хотят. Пока добрый с ними, хвалишь, они совсем расслабляются. И так постоянно. И не одна я это заметила. У других тоже так. Почему?»

Зеркальный принцип работает в общем целом. Но бывают и частности, например, люди-потребители встречаются, вампиры, просто непорядочные. С подчиненными нужно соблюдать баланс кнута и пряника. А может быть, вы «причиняете людям добро» со своим расчетом? Если есть расчет, может не сработать. Внимание к людям надо проявлять искренне, и без «бухгалтерии» за то, что делаете.

«Сейчас я нахожусь в непростой ситуации, от меня ушла жена. Она — вся моя жизнь и я намерен ее вернуть. Мы можем менять лишь свой слой мира, но один раз у меня уже получилось вернуть близкого человека. На это ушел год. В этот раз у меня четкое предчувствие и знание из ниоткуда, что она вернется сама, что так должно быть, чтобы наши отношения стали еще крепче».

Вернуть человека, который ушел по своей воле, очень трудно. Может быть, это не ваша трагедия, а ваша удача. Вы же зациклились на трагедии. Но может быть и иначе, и она вернется. Всякое в жизни бывает. Но я не провидец. Вам самим нужно разобраться, трагедия это или удача. Может быть, вас ждет еще более счастливая судьба.

«Более года кручу слайд, вторую половинку. Точно знаю ее критерии (блондинка, модель, умеет петь, любит меня...), четко ощущаю ее присутствие рядом со мной, хорошо прорисованы картинки в голове. Порой трачу на это много времени, но мне в кайф. Также писал в тетрадь истории с ней в настоящем времени. Много искал ее в реальном мире и интернете. Нашел одну колоссально похожую на нее внешне, но эта дверь просто так не открылась. Я позвал ее в ресторан — она отказала. Стоит ли добиваться ее дальше?»

Не стоит рисовать совсем уж идеальный слайд с модельной внешностью и данными. Такие девушки бывают очень проблемными. Доступные девушки — лучше.

«У меня идея, а что, если использовать свою негативно на все настроенную маму как тренажер для своего позитива: на каждое негативное замечание автоматически выдавать позитивное замечание о том же предмете. Не игнорировать негатив, а наоборот, его принимать с распростертыми объятиями, как долгожданного гостя... может, кому-то поможет в общении с хронически негативными родственниками. А вы что об этом думаете?»

Может сработать, а может и наоборот, в скандалы перерасти. Это пробовать надо.

«Целью было иметь свой дом и сад, который я хотела выращивать и радоваться, воплощать свои мечты. Пришли деньги, и дом с садом тоже пришел, но при этом рядом со мной оказался человек, который меня очень сильно тормозит, и руки у меня связаны. Я не могу ничего планировать и делать, от него идет сплошной негатив и стресс, причем часто это вообще не имеет никакого смысла, какой-то театр абсурда...

Сначала я старалась не обращать внимания, но теперь он буквально терроризирует меня. Как только я пытаюсь что-то начать делать, он выливает на меня бочку негатива... и я уже не вижу другого выхода, как уйти и все бросить. Могу ли я выбраться из этой ситуации? Неужели нужно начинать все заново? Честно говоря, энергии уже не так много, чтобы начинать все сначала».

Не могу дать конкретный ответ на ваш вопрос, чтобы не повлиять на вашу жизнь. Но не бойтесь никогда начать жизнь с чистого листа.

«Если я выйду замуж, тогда киноленты мои и мужа будут очень близки. Он сейчас зарабатывает немного. Чтобы наша семья жила обеспеченно и комфортно, достаточно ли только моей работы со слайдами и косицей? Могу ли я повлиять на повышение дохода мужа (как декларируют на женских тренингах) и моего уровня жизни? Мой доход при нынешних обстоятельствах также не может быть большим. Если мои запросы выше, чем у мужа (например, он хочет в отпуск раз в год, а я — два или больше), то могу ли я получить желаемый уровень жизни? Я уверена, что, если я стану зарабатывать больше мужа, у нас начнутся конфликты (мой бывший муж вообще был против того, чтобы я работала). Или лучше сразу искать более обеспеченного партнера? Сейчас модно убеждать женщин, что они должны доверять мужчине в плане обеспечения семьи. Стоит ли поддаваться этой пропаганде или нужно продолжать надеяться только на себя и быть самостоятельной, как учили раньше?»

Киноленты взрослых людей, как правило, отдельны. Это у маленького ребенка с родителем кинолента может быть одна. Задавайте свою отдельную реальность, где муж — не главный герой, а второстепенный, как декорация. Тогда ваша реальность воплотится. Вы все равно не разберетесь, как это будет исполнено. Идеальный вариант, конечно, когда муж и жена транслируют вместе общую реальность. Но если это невозможно, не беспокойтесь, все уладится само собой.

По поводу конфликтов «кто больше зарабатывает», на такие конфликты может пойти только слабый, инфантильный мужчина. Выбирайте сильного.

Вы пишете: сейчас модно убеждать женщин, что они должны доверять мужчине в плане обеспечения семьи. Где вы этого набрались? Напротив, многие мужчины инфантильнее женщин. Как на них можно полагаться? Создавайте сами свою реальность и не думайте о том, каким образом это осуществляется.

«Внутри моей семьи нет гармонии, постоянно возникают конфликты на разной почве, вечно волнуются о деньгах и погружаются в переживания. Я им давал послушать аудиоверсии ваших книг, они ненадолго просыпаются, но в большинстве своем продолжают спать. И разбудить я их не в силах, да и если оставить их в покое пытался, но тоже что-то не то. Вот и думаю я, что поскольку слои наших реальностей пересекаются, то в „свою яму" они тащат и меня, отчего мои цели не реализуются. И потому вопрос: как выйти из данной ситуации?»

Целенаправленно задавать свою реальность, и никто не утащит вас ни в какую яму.

«Познакомилась с Трансерфингом относительно недавно. Думаю, своевременно. Однако столкнулась с проблемой, которая иногда просто угнетает. Дело в том, что раньше, когда что-то не получалось, я все же верила, что однажды это случится. Когда же стала интересоваться причинами и структурой работы событий, обнаружила по книжкам, что все зависит от моего настроения и настроя, потому что именно оно притягивает соответствующее. То есть если у меня негативный настрой, то я буду притягивать один негатив.

Как изложено у Татьяны в ролике: с женщиной, которая чувствует себя словно виноватой, будут обходиться именно так, будто она действительно в чем-то провинилась. И на тонком уровне она будет отталкивать мужчин/людей. Со мной именно это и происходит. А еще нельзя вспоминать прошлый неудачный опыт... В моем случае — это скорее не негатив, а грусть. Мне грустно очень часто, почти всегда в последнее время. И я с космической скоростью теряю веру, что моя жизнь все-таки наладится. Это, конечно, связано и с возрастом, мне 42. И я понимаю, что если я вот так часто грущу (хотя мне это совсем не нужно, это словно не от меня зависит), шансов у меня мало.

Вы, ТС и даже косица меня спасают просто тем, что вы есть. Я включаю косицу (чтобы за нее схватиться, когда плохо), хотя не уверена вполне, что правильно и достаточно ее чувствую. Но, честно говоря, я не очень верю. То есть я верю, что она существует и работает, но не со мной, не для меня. Или что придется ждать десятилетиями, по меньшей мере. А вот с намерением, как вы понимаете, еще хуже. Я просто не умею вознамериться (хотя очень хочу научиться)».

Я вас очень хорошо понимаю. И описываете вы все правильно. К сожалению, надеяться на счастье (типа «а вдруг случится такое чудо»), если при этом грустно и скверно на душе, бесполезно. Надо выйти из этого состояния. У вас состояние энергетического застоя, судя по тому, что вы даже не понимаете, что такое вознамериться. Значит, надо элементарно заняться активными видами отдыха, спорта. Например, запишитесь в фитнес-зал и начните совершенствовать свое тело. Как вы знаете из книги Тафти, встав на путь саморазвития, разжигая в себе искру Создателя, делая себя, вы получаете все три достижения: выходите из застоя, находите миссию, реализуете миссию. Саморазвитие, конечно же, вовсе не ограничивается лишь физическим развитием. Но в вашем случае необходимо именно это. И вкус к жизни появится, и энергия. Иначе никак.

«Расскажу коротко. Начала практиковать с декабря, и пошли первые результаты. Умер отец, пыталась держаться, вскоре отказалась от всякого общения со мной моя мама. А теперь меня бросил муж с 5-летним ребенком. У меня есть цель, как говорится, душа поет, она лежит очень рядом, потому как не заоблачная, на данный момент у меня нет работы, причем я всячески пытаюсь ее найти — ну никак, за квартиру платить нечем, за садик тоже. Муж очень агрессивен. В питании я сыроед. Это очень коротко. Боюсь, вся моя энергетика на корм маятникам пойдет. Я в каком-то вакууме нахожусь, как будто это не со мной. Подскажите, как дальше быть? Пытаюсь держать равновесие, но не всегда выходит».

Смерть отца — она сама по себе. При чем тут вы? А вот муж бросил, значит, не по пути ему с вами, а вам с ним. Избавились от чужого человека. Но что тут плохого? Работу не найти? Всегда можно найти работу, при желании, даже безо всякого ТС. Может, вы перегнули палку со своим сыроедством? При неверном подходе может пойти и физическое, и нервное расстройство, а отсюда и дисбаланс в жизни. Я всегда с недоверием относился к сыроедам, а сам всегда советовал подходить к этому делу очень осторожно и постепенно. Читайте книгу «чистоПитание». Читайте еще раз книгу «Тафти жрица». Выполняйте простые рекомендации, и все наладится.

«Моя дочь живет в Америке, замужем, маленький ребенок. Очень страдает от неуважительного отношения мужа. Имею ли я право как мать и могу ли я помочь, работая с энергиями, или только ей самой под силу изменить ситуацию? Ни помочь физически дочери, ни поговорить лично с ним не имею возможности — языковой барьер».

Это только она сама может справиться. Чтобы тебя уважали, надо прежде всего себя уважать. Еще чувство вины, Фрейлинг и прочее-прочее. Но это надо весь Трансерфинг ей перечитать.

«Мы с мужем живем вместе восемь лет, у нас двое маленьких детей, и муж нас обеспечивает, я не работаю. Возникают сильные скандалы, упреки с его стороны. Каждый день старается меня упрекнуть, унизить и подчеркнуть свое величие и мою бесполезность в его жизни. Стараюсь не реагировать, но иногда так накипит, что дело доходит до драки, причем с обеих сторон. Чувствую себя опустошенной, ничего не хочется делать. Через время очень жалеем, что все так происходит. Наступает затишье на некоторое время, а потом все по новой. Стараюсь гасить маятник в самом начале ссоры, не всегда получается.

Также хочу добавить, что мой муж очень зависим от марихуаны, если вовремя не выкурит, то пиши пропало, все камни летят в мою сторону, стал выпивать периодически. В душе понимаю, что очень часто думаю обо всем этом и, по сути дела, надо переключить внимание на себя, свое развитие, но я и дети зависим от него, часто нужна какая-то помощь (одной трудно справиться с малышами). Последние три-четыре года 80% моих мыслей об этом человеке очень негативные, а как известно, о чем думаешь, то и получаешь. Поэтому кажется, в какой-то степени это я сделала из него такого человека. Если я буду крутить слайд, представляя любовь и гармонию в семье, поможет ли это?»

Одна лишь визуализация любви и гармонии вряд ли поможет. Надо выполнять тридвижение в комплексе по Тафти. В первую очередь, **не быть питомцем своего мужа**, а заниматься саморазвитием, во всех отношениях. Тогда муж, глядя на вас, сделает свои выводы и тоже начнет исправляться.

«Дело в том, что моя дочь два года назад вступила в группу (секту) в интернете, кроме этого, обращалась и к другим специалистам, проводились совместные медитации, чистки. Дочь взрослая, на тот момент ей было 25 лет, сейчас 27. Кроме чисток, ей сильно раскрутили энергетику. После чего состояние стало ухудшаться, сон вообще нарушился. Состояние было очень тяжелое.

Лечение в стационаре. Далее пытались искать выход, очень помогла целитель, она из нашей области, ездили к ней много раз, и большая часть проблем ушла, сказала, был подключен темный канал, что могла, сделала.

Проблема в том, что периодически дочь чувствует резь в ушах, иногда очень сильную, отголоски мыслей этого человека, к которому была подключена, икоту. Говорит, что это мучительно, периодически плачет до истерики, говорит, что она уже на пределе.

Пытались искать помощь и дальше, но ходим по кругу, истратили кучу денег на экстрасенсов, большей частью в интернете, но она и ездила несколько раз в соседний город. Все что-то видят, чистят, видят проблему в прошлых жизнях, убирают психосоматику, чистят ДНК, но ничего не меняется.

Мне стало казаться, что моя реальность какая-то неправильная, день сурка, но как в страшной сказке. Искала, как изменить реальность, — нашла Тафти. Стала просыпаться, задавать кадр, в мелочах косица работает, особо не чувствую, но точно знаю, что она есть.

Но вот вопрос: как задавать кадр, задаю, что дочь здорова и мы забыли о проблеме, или задавать кого-то, кто действительно поможет. Нужно ли задавать время или я тороплю события? Как выйти из замкнутого круга? Можно ли помочь себе переместиться на другую линию жизни физически? Может, поменять распорядок дня, рацион, что-то делать по-другому».

Ваша дочь сама должна заниматься по методикам Тафти. Вы сами ей помочь не сможете. Секта — очень плохое дело. Ей надо самой вставать на путь саморазвития и выбираться. Постарайтесь убедить ее в этом. Здоровый образ жизни — прежде всего.

«Можно ли задавать себе конкретного человека из художественной литературы? Если я живу здесь, а он — в другом мире, есть ли шанс, что наши линии жизни пересекутся? Очень хочется встретиться».

Конкретного человека, даже (или тем более) из художественной литературы, задавать нельзя, не получится. Задавайте абстрактную личность, можно похожую.

«Чтобы получить, нужно дать. Что транслируем, то и получаем. По отношению ко многим людям это действует только в одну сторону. В их. С удовольствием принимают, радуются, улыбаются, принимают как должное и зачастую безответно. В проснувшемся состоянии обратил внимание, что такие отношения у меня со многими родственниками и „друзьями". Причем многие из них характеризовали меня именно как „светящееся" существо, о котором вы пишете. Недавно в моей жизни произошла ситуация, когда мне явно нужна была их поддержка. Многие предпочли сделать вид, что не замечают. На мои осторожные просьбы получил достаточно агрессивный ответ. В чем моя ошибка?»

Да, есть люди, которые с удовольствием будут вами пользоваться, ничего не давая взамен. От таких нужно держаться подальше. Но если вы станете фиксировать внимание на том, что «вас используют», таких людей будет появляться в вашей жизни все больше. Потому что в вашей жизни всегда изобилует то, на чем зафиксировано ваше внимание.

«Вопрос о сценарии, который, как мы знаем, выбрать нельзя. У меня была мечта, которая требовала серьезных денежных вложений. После регулярной работы с косицей, подсветки кадра и вживления в манекен открылся источник дохода, благодаря которому моя мечта может осуществиться за полтора-два года. Это новая должность на работе. Но дело в том, что эта деятельность отнимает у меня 90% времени... И моя любимая семья (муж и маленький ребенок) совсем меня не видят. Ребенок очень скучает, я сама чувствую, что этот сценарий на пути к мечте меня не устраивает. Сама деятельность меня увлекает, если бы не занимала столько времени. Месяца два отчаянно искала Пользу в этой ситуации, пока ребенок не стал называть мамой — бабушку. Пыталась поговорить с начальством, ответ был прост — работай или уходи с должности. Я выбрала второе, расставив приоритеты и прислушавшись к зову сердца, детство моего ребенка важнее заветной мечты, если приходится выбирать из этих зол. Теперь я на распутье. Каким образом мы переходим на варианты сценария? Тот сценарий, что ближе к нам, находится в пространстве вариантов? Можно ли попытаться вносить в него поправки по мере поступления каких-то проблем? Может быть, как-то заранее описать это (мечта достигается легко, не в ущерб мне и моей семье) при работе с косицей? Как теперь подсвечивать кадр, чтобы опять не попасть на подобную киноленту?»

Так и подсвечивайте кадр, вместе с мыслеформами, что добиваетесь своей цели легко и непринужденно, и все вокруг довольны и счастливы. И не забывайте о принципах Лады и Пользы.

«Где-то в комментариях на странице Тафти я увидела, Тафти ответила, что ВСТРЕЧУ со знакомым человеком задавать можно. Почему задавание встречи не является влиянием на человека? Ведь получается, я задаю, что этот человек в определенный момент будет в определенном месте, значит, уже влияю?»

Нельзя (в смысле не получится) задавать поведение человека и его отношение к вам. Но встреча — это элементарный кадр. Такой кадр задавать можно.

* * *

Успехи читателей

«Я давно хочу изучать испанский, но сейчас живу в маленьком городе, здесь таких преподавателей/школ нет, в столицу переезжать мне не хочется. Стала активировать косицу и проговаривать, что владею испанским в совершенстве, или представляла, как разговариваю на испанском языке. Сама я преподаю китайский на дому. В итоге после нескольких дней работы с косицей сначала наткнулась на удобное приложение по изучению языка, стала учить сама. После ко мне обратилась девушка, которая захотела ходить ко мне на уроки. И что же вы думаете? Оказалось, что она знает испанский. В итоге мы договорились, что во время отпуска она просмотрит свои учебники по испанскому и потом будет учить меня в обмен на мои уроки китайского! Вуаля! Это просто волшебство! В моем маленьком городе в Таджикистане ну уж супермаленькая вероятность найти преподавателя испанского языка, этот язык у нас непопулярен. Но когда ты пользуешься косицей, его и искать не надо, он сам тебя находит! Огромное Вам спасибо!»

«Начну с малого. Как только прочитал в книге о косице, сразу начал тренировать и использовать ее. Из малых достижений. В кофейне, куда я захожу после работы, всегда присутствует очередь, ибо все после работы бегут туда пить кофе. Используя косицу, я забыл про очередь. Когда бы я туда ни зашел, практически всегда, за малым исключением, нет очереди.

Одно более серьезное достижение. Мне предстояла беседа с директором о повышении зарплаты, беседа была назначена на дату, у меня в запасе было пару дней. Не теряя времени, я задавал целевой кадр с использованием косицы. Проснулся, включил косицу, задал кадр, конечный результат, что директор мне оглашает + N-ную сумму к зарплате. И что вы думаете, все так и было, все получилось. И сумма была та, которую я задал. Вообще круто. До знаний Тафти я бы ждал и думал, вот если бы...

Третье достижение. С помощью косицы я прошел три этапа собеседования в топ-100 международную IT-компанию. Раньше я бы и подумать не мог, что мое резюме заметят среди тысячи других, что, даже если заметят, мне позвонят. Это здорово».

«Мои результаты.

1. Всегда нет очередей.
2. Очень хорошо и круто меняюсь во внешности, свечусь внутренним светом, чувствую себя маленьким ребенком, на которого все обращают внимание, и всем нравлюсь. (Задание реальности с косицей.)
3. Прогресс в спорте удивляет. Начал делать то, что раньше не умел.
4. Появляются средства на все, что захочу, будь то книга или более здоровые продукты и др. (Задание реальности с косицей вместе с амальгамой.)
5. Стал намного лучше высыпаться. (Перед сном задаю реальность и представляю, как я хорошо сплю.)

6. Поднялась энергетика (задание реальности с возвращением силы прошлых воплощений).
7. Открылась дверь (путь) к цели. (Разжег в себе искру создателя и как-то необычно понял, что мне именно туда.)
8. Конфликты решаются сами собой. (Тут и помогает задание реальности с твердым знанием «что со мной все будет хорошо и точка» и + зеркальные принципы, стараюсь понять людей.)
9. Люди смотрят на меня с симпатией, а враги с опаской (когда внимание в центре)».

СВЕТЛЯЧКИ

«Подскажите, пожалуйста, можно ли думать, что со мной что-то не так, если я постоянно возвращаюсь мыслями в прошлое и детство, думаю о будущем и смерти, ностальгирую, хотя сейчас в жизни у меня столько радости и столько моментов и причин для счастья, имеются вещи, люди, возможности, о которых когда-то только мечтала? Да, я их замечаю, да, наслаждаюсь, но почему-то недолго. Очень быстро снова впадаю в грусть или наигранное безразличие, так как где-то внутри себя боюсь, что если буду много веселиться, то случится что-то не очень приятное, будто контролирую себя и свою радость, радость жизни. Из-за этого не могу в полной мере насладиться моментом, живу часто воспоминаниями, грущу о прошедшем, ведь его не вернуть, а будущее, закат жизни часто пугает. Потери пугают. Что же делать, чтобы не загубить себя в настоящем и радоваться по-настоящему?»

Вам нужно переориентировать свое намерение на получение удовольствия от каждого момента жизни и на любовь.

Привожу в качестве ответа цитату из книги «кЛИБЕ».

«Создайте себе жизнеутверждающие, позитивные мыслеформы, вставьте в свой „кинопроектор" и снимайте новое кино своей жизни. Создайте свой праздник. Для начала заимейте привычку получать удовольствие от всяких мелочей. Во всем, что вас окружает и с чем вы сталкиваетесь ежеминутно, можно найти удовольствие. Например.

Мягкие: кресло, игрушка, подушка, пончики.
Удобные: туфли, прищепки, выключатель, наручники.
Надежные: плоскогубцы, троллейбусы, вешалки, заборы.
Приятные: кнопки на клавиатуре, колесико мыши, перчатки.
Освежающие: прогулка, душ, коктейль, брызги из-под колес.
Вкусные: пикник, любимое кафе, леденцы в жестяной коробочке.
Интересные: объявления в метро, рекламные щиты, лица прохожих.
Удачные: падения, совпадения, легкие ушибы, опоздания, расставания.
Смешные: пальчики на ногах, метрдотели, фильмы ужасов, маски омоновцев.
Радостные: события, стюардессы, демонстранты, возвращения от стоматолога».

«Почему я не вижу того внимания окружающих, о котором все пишут, когда нахожусь в состоянии присутствия? Вообще никакой разницы нет».

Попробуйте не просто ходить в состоянии присутствия, но и одновременно с активированной косицей или в состоянии Лады при этом.

* * *

Успехи читателей

Надежда Марус

«В гостях, держусь „без сна". Кошка меня „увидела". Будучи довольно цапучей и неласковой, заурчала, начала ластиться ко мне, да так, что слюни потекли у нее. Потом мне подарили несколько баночек из Таиланда с кремами и масками, приятно. Сижу, стараюсь не спать».

Катерина Перова

«Сегодня был выходной и ездили семьей к родственникам. Задала, чтобы время в гостях провели замечательно и в гармонии (а то мы все с характером). Так и получилось. А вообще задаю много и постоянно. Очереди перестали существовать, с людьми знакомлюсь легко и просто, клиентов завожу быстро, даже погоду для себя редактирую. Бывает, что засыпаю. И все же чаще просыпаюсь. Люди на улице заговаривают, комплименты говорят, знакомятся. В одном госучреждении с документами помогли. Жизнь стала интересной, насыщенной, активной».

Виктория Маслова

«Милая Тафти. Вы правы во всем! Реально все работает. Еду домой уставшая с работы, оценка себя со знаком минуса на внешность. Обращаю внимание на косицу, и тут начинается. Люди начинают пристально смотреть, всматриваясь, мужчины ни с того ни с сего очень громко на весь вагон комплименты говорить, хотя рядом, на мой взгляд, также много прекрасных женщин. Думаю, что это работа именно косицы, которая подключается».

Данил Шаинович

«Тафти Тафти Тафти ТафтиТафти ТафтиТафтиТафтиТафти ТафтиТафтиТафтиТафтиТафтиТафти ТафтиТафтиТафти ТафтиТафти ТафтиТафтиТафти ТафтиТафти ТафтиТафти Тафти ТафтиТафтиТафтиТафти Тафти ТафтиТафти ТафтиТафти
ЛЮБЛЮ СВОЮ ЖРИЦУ».

Наталия Семенова

«Когда ехала в автобусе и очередной раз активировала косицу, стоящая на остановке женщина резко повернула голову в мою сторону. А затем подошла вплотную к окну автобуса и стала в упор на меня смотреть. Затем зашла в автобус, стала расплачиваться за проезд, и все так же смотрела, в конце концов села сразу за мной, я прямо чувствовала, как она мне затылок взглядом сверлит. Что это может быть?»

Алена Звездина

«Наталия, как говорится в книге, вы для нее стали Светлячком, она сама не понимает, но вы ее притянули, чем-то „заворожили“, это все происходит бессознательно у „спящих“. А „спящие“, да, смотрят с симпатией, с любопытством. Как и говорится в Книге».

Татьяна Филатова

«Хочу поделиться результатами. Первые изменения, которые я стала замечать, начали происходить, как только я заняла точку наблюдателя. Все прохожие, в транспорте, улыбаются, глядя на меня, стараются чем-то обратить на себя мое внимание (я хоть и приятной наружности, но мне уже далеко за 50). Когда подошла маршрутка, которую я ожидала, водитель повернулся ко мне и сказал, что приготовил место около себя.

Теперь работа с косицей. Косицу почувствовала сразу (может, оттого что давно работаю с энергиями?) Почему-то ощущения оказались болезненные, но быстро прошли (кто-то уже описывал это). У меня было два дела, которые нужно было решить, и оба связаны с хождением по госконторам, выстаиванием в очередях. В общем, все произошло в течение получаса и там, и там. Мало того, те, кто меня обслуживал, обращались со мной очень доброжелательно и с пониманием, что у нас большая редкость».

Alena Horn

«Гулять во сне наяву — это гораздо круче любого фильма в 12D-формате!!! Сегодня мое внимание находится в центре сознания, поехала на каток, так сказать, пообщаться в новом для меня месте, и что я получила?! Это взрыв в моем мировоззрении! Оказывается, в этом состоянии нет чувства страха! Я стала на лед и поехала! Я начала смотреть на детей и повторять за ними, после, когда просто перевела внимание на музыку и ощущения, я начала вырисовывать на льду пируэты! Весь час катания мне и в голову не пришло, что я не умею кататься! Для меня это было открытие».

Alena Horn

«Я скажу более... в этом состоянии вообще одни чудеса происходят. Люди на тебя реагируют, как на кинозвезду. Все говорят тебе „здравствуйте", „спасибо" и т. д., продавцы в магазине легко и с улыбкой меняют любой товар, улыбаются, вообще, это состояние круче любого самого сильного допинга».

Inna Kronewald

«Тафти, сегодня позвонили, дали нам место!!! Аааа!!! Благодарю, Тафти!!! Все работает!!!»

Ксения Семенова

«Жрица моя, благодарю тебя и восхищаюсь тобой! Поделюсь и я своими результатами. Пока пробую в основном гулять в состоянии „вижу себя и вижу реальность" и улыбаюсь при этом. Очень забавно получается, так как незнакомые прохожие начинают смотреть на меня с любопытством. А вчера женщина так на меня посмотрела и потом выдала: „Ой, простите, обозналась..." Я ответила, что ничего страшного, и пошла с улыбкой дальше. Краски Мира в этом состоянии — покруче, чем в кино IMAX 3D, потому что это кино жизни. Также начала тренировки с косицей — пара моментов была с подсветкой нужного кадра, и события реализовывались (место в автобусе и выполнение рабочего задания — ко мне главная начальница сама пришла и дала пояснения, которые мне были срочно нужны). Сейчас продолжаю перечитывать книгу „Тафти жрица" и постепенно внедрять остальные алгоритмы дальше. Благодарю, Тафти, что ты у нас есть».

ДЕТИ

«Как правильно и эффективно донести информацию до детей? Я пытаюсь донести Трансерфинг и Тафти до своей 6,5-летней дочери, так как она меня засыпает подобными вопросами. О снах, о существовании мира и как все в нем устроено, о Вселенной и т. д.».

Рассказывайте своими словами, как сами понимаете. Если вы поняли, дети тоже поймут. Но могут и не понять, если вопросы для них сложные или сложно объясняете. Не торопитесь. Такая информация лучше всего усваивается с 16-17 лет.

«Как объяснить детям (6 и 12 лет), как использовать косицу? Объясняю, как есть, но они не понимают. Даже видео Тафти им показывала, старшая хоть что-то поняла, а вот младшая ничего».

Не понимают, значит, не готовы еще. Попробуйте объяснить через несколько лет.

«Кроме старшей дочери (24 года), у меня еще трое детей помладше (10, 6 и 6). Как можно помочь им использовать эти знания?»

Рассказывать своими словами, как сами понимаете. Если вы поняли, то и рассказать сможете. Если вы поняли, то и дети поймут. Но если не поймут, не надо навязывать. Попробуйте позже, лет через несколько. Возможно, еще не готовы. А возможно, не их знание и не их путь. У каждого имеется свой путь.

«В моей семье (как, наверное, и в большинстве) сложилась ситуация, когда ребенка учат абсолютно противоречащим ТС вещам. Например, когда малыш упал и ударился, нужно наругать игрушку, которая оказалась у него под ногами, а заодно побить угол шкафа, об который он сам же и стукнулся. Самое ужасное, что бабушкам-дедушкам невозможно объяснить, чем чреваты такие „учения".

Я сама с такими взглядами на жизнь жила 23 года и была уверена, что яблоки в небо не падают, мир так и ждет, чтобы подставить тебе подножку, выживает сильнейший. И не понаслышке знаю, как сложно потом избавляться от этих балластов и брать ответственность за свою жизнь в свои руки.

Конечно, по мере взросления я буду пытаться донести до своего чада основные принципы управления реальностью, принципы зеркальности, ощущения волшебства и доброжелательности Мира, Фрейлинг, на максимально понятном для него языке и на собственном примере.

А как обстоят дела с косицей и учением Тафти? С какого возраста вы советуете рассказать об этом ребенку, и вообще, нужно ли об этом рассказывать? Насколько дети или подростки способны осознать себя и проснуться? И насколько это для них безопасно (вспоминая свои детские фантазии, иногда радуюсь, что некоторые из них не воплотились в реальность)».

Все дети разные, с разным уровнем осознанности. Как и взрослые тоже. Далеко не все взрослые способны принять и воспринять это знание. Как и не все дети тоже. Большинство — скорее нет. Не нужно навязывать, а также сокрушаться, если не принимает. У каждого свой путь.

Основы Трансерфинга детям можно объяснять своими словами с любого возраста. Техники Тафти — наверное, с 11–12 лет. Если воспримут и заинтересуются, значит можно и книжки дать почитать. Да, можно давать читать, и «Тафти жрицу», и «Жрицу Итфат». Если это их путь, поймут и воспримут. Если нет — пробуйте еще раз, через несколько лет. Если снова нет — **не навязывайте**.

«Тафти говорит, чтобы мы действовали тихо и не будили „спящих". Но если „спящий" — это твоя дочь? Я уже давно поняла, что мне не донести до нее ничего из этих знаний. Когда она слышит слово Трансерфинг, она крутит у виска. (Я ей не навязывала, просто предлагала почитать.) Она с рождения плохо слышит, сейчас у нее избыточный вес (очень избыточный) и вытекающие из этого проблемы со здоровьем. Есть ли какая-то возможность помочь ей, не нарушая правил и не вызывая у нее отторжения?»

Если не принимает, вы ничего не можете с этим поделать. **Ее жизнь — это ее жизнь.**

«Обстоятельства сложились так, что моя мама сейчас живет с нами. Какой слайд нужен для того, чтобы убрать разрушительное влияние родственника, который негативными замечаниями рушит веру сына в Трансерфинг и намерение, а также заставляет ребенка есть мясо. Я не хочу скандалить с бабушкой при сыне, но трудно просто отпустить ситуацию, когда на глазах сын превращается в зомби-попугая, повторяя высказывания авторитарной бабушки. Такая ситуация, наверное, у многих, когда три поколения живут вместе. Как можно нейтрализовать бабушкин негатив?»

Собственным примером. На кого ваш сын захочет быть похожим: на вас или бабушку. Но вообще, надо задаться целью жить отдельно. Очень трудно уживаться с родителями. Их легче любить на расстоянии.

«Меня интересует, как дети задают свою реальность. Каким образом маленький ребенок притягивает насилие в отношении себя?»

А с чего вы взяли, что дети задают свою реальность? Реальность может задавать только человек, знающий, что это возможно, и умеющий это делать. Насилие к себе может притягивать не только ребенок, вообще любой человек. В основном своим чувством вины, неполноценности, незащищенности. А вот эти чувства как раз чаще всего зарождаются в детстве. Их индуцируют взрослые, которые детей не воспитывают (как это требуется делать правильно), а манипулируют ими.

«Последнее время в Сети появилось много интервью предпринимателей, различных успешных людей. Эти люди, как правило, очень энергичные, позитивные, довольно нестандартно мыслят, говорят и действуют уверенно, как бы от силы. Такие цельные и устроенные. При этом они не говорят о Трансерфинге или какой-то другой системе, не имеют особо каких-то секретов в плане питания, тела и т. д. Но ощущается, что они цельные, сильные, мощные (кстати, техника переноса проекции на себя мне очень нравится). Но вопрос, почему у них Сила есть как бы изначально и можно ли прийти к такому уровню? Почему так происходит? Им дано больше талантов?»

Да, уровень талантов может быть от рождения у всех разный. Но не верьте, что подобные люди не занимаются саморазвитием по той или иной технике. Талант либо развивается, либо деградирует, как правило. Развиваются эти люди, еще как, только виду, может, не подают.

«Как воспитать в ребенке осознанность? Моему сыну шесть лет. Я читаю ему на ночь книгу „Жрица Итфат", стараюсь цитировать и пересказывать отрывки из других Ваших книг. Я еще свою перепрошивку не закончила. Беспокоюсь, что неосознанно зомбирую своего ребенка».

Зомбировать ребенка может только социум. Как вы его зомбируете, пробуждая в нем осознанность? Скорей наоборот, раскрываете ему глаза. Развивайтесь вместе с ним, подавайте пример — это лучшее, что вы можете сделать для него.

«При работе с косицей — могу ли я визуализировать или мысленно проговаривать слова о том, что члены моей семьи — жена, дети — здоровы, главным образом, и счастливы. И как частный случай: если кто-то из них уже заболел — могу ли я визуализировать то, как они выздоравливают быстро и легко? Является ли это влиянием на человека и его слой мира? Подпадает ли такая визуализация под запрет вмешиваться в жизнь другого человека?»

Это не запрет, а невозможность вмешаться в жизнь другого человека или как-то выправить его здоровье. Задавать здоровье и благополучие возможно только для маленького ребенка, до раннего подросткового возраста, пока он с вами на одной киноленте.

«Как лучше маленькому ребенку объяснить, что такое сновидения? У меня самой нет четкого представления, мне в детстве говорили, что это нереально, точно, как вы в книге пишете. И вы пишете, что после этого у маленького человека пропадает способность задавать реальность. Так как же лучше объяснить, чтобы избежать этого?»

Родители, знакомые с Трансерфингом и техниками Тафти, могут объяснять все это детям так, как сами понимают. Если вы поняли, дети тоже поймут, объясняйте своими словами.

* * *

Успехи читателей

Нина Рябенко

«Моя дочка 11-ти лет спокойно прочла Тафти, все поняла и практикует уже вовсю, еще и сестру учит, и меня будит».

Наталья Медведева

«Техники Тафти возвращают повседневную осознанность. Когда ощущаю косицу, чувствую себя пятилетним ребенком. В эти моменты я просто проваливаюсь в беззаботное ощущение, где „мне все можно и ничего за это не будет". Ощущается магия простых вещей. Это волшебно».

Света Просто

«Мамочка с ребенышем села рядом. (Кстати, дети лет до пяти — ЖИВЫЕ! Зацепившись за меня взглядом, начинали радостно улыбаться. СВОЕГО встретили!) Женщина говорит своему сынишке (годика три): „Где у тебя кнопочка?" — „Какая кнопотька?" — „Ну та, которой тебя выключить можно. Чтобы ты спокойно хоть пять минут посидел. Где она? На животе? На спине?" — „Неть у меня кнопотьки!" Так захотелось сказать: „Это у тебя, мамочка, уже полно кнопочек. А у ребенка твоего их пока нет"».

ДЕНЬГИ

«Одна сложившиеся ситуация мне не дает покоя. Это кредиты. В свое время набрала много кредитов. Потом ушла с работы. Платить стало нечем. Как мне быть? О чем думать? Вы писали, что нужно просто отпустить ситуацию и сконцентрироваться на цели. Но как тут отпустить? Руки трясутся, когда думаю о своих долгах. Нет возможности платить, работу по душе тоже найти не могу».

Ситуация с долгами, как и с тюрьмой, сложная. Если туда залез, выбраться трудно. Но из любого положения всегда рано или поздно выбираешься. Сейчас не время думать о работе «по душе». Нужно, прозаически, найти работу и выплачивать долги. Точно так же, как отсидеть свой срок — все равно придется. Однако цель должна быть — не выплачивать долги, а зарабатывать побольше денег. Поймите разницу. Думая о долгах, вы в них и останетесь. Думая о высокооплачиваемой работе, вы ее найдете.

«Всегда планирую свой личный бюджет, где расписываю все свои доходы и расходы практически до рубля. Постоянно в процессе распределяю деньги по сферам (жилье, авто, личные расходы и т. п.), где-то выделяя больше, где-то зажимаю. Не блокирует ли это денежную энергию? Или если это делать без завышенной важности, то ничего в этом плохого нет? Иногда складывается ощущение, что, распределив все доходы до копейки и соблюдая расходы в этих пределах, блокируются новые поступления».

Распределяя все до копейки, вы, конечно же, блокируете увеличение денежного потока. Планировать можно, но прикидочно, чтобы не оказаться без денег до зарплаты. Однако лучше на такой случай иметь резерв, запас. А вот вести бухгалтерию, в том смысле, что раскладывать по полочкам фиксированную сумму, подразумевает ваш подсознательный отказ от роста доходов. Деньги должны идти потоком, если хотите, чтобы этот поток возрастал. А так, у вас не поток, а бочка воды на месяц, которую вы заранее разливаете по емкостям.

«Вот например я решил стать богатым. В мыслях кручу визуализацию как я еду на своем машине, как я отдыхаю и как я кушаю на дорогих ресторанах. Все нормально никакого дискомфорта нету. И в течени дня прогововарываю про себя мыслеформы и т. п. „У меня все получается. Деньги текут мне рекой. Я богатый. Я день за днем богатею и мои деньги хватит на все..." и т. п. я все правильно делаю? И интенсивость этих занятий влияет ли на скорост реализации?»

Все правильно крутите. Интенсивность занятий, да, влияет, чем больше транслируете таких мыслей (чтобы в охоту, а не в тягость), тем скорей они воплотятся в реальность. Только требуется еще одна малость — ваша миссия — что при этом будете выполнять, чем заниматься. Деньги ведь не падают с неба просто так.

Например, судя по вашей грамматике, русский язык — не ваш родной. Если миссии это не помешает, значит, все нормально. А если помешает, необходимо совершенствовать свою грамматику. Вы должны думать не только о деньгах, а скорей о себе, как совершенстве, которое что-то делает в совершенстве, создает какие-то шедевры, неважно какие — интеллектуальные шедевры, шедевры искусства, бизнеса или мошенничества — но шедевры. Сначала вы создаете, сначала делаете — а уж потом и деньги идут к вам.

«Осознала себя перед походом в банк, почувствовала косицу и подсветила такой кадр — прихожу и удивляюсь, где очередь? Я точно знала, что в пятницу (у нас в деревне рыночный день) народу всегда полно. О чудо! Где очередь? В банке было два человека, и один из них я. А теперь вопрос: я слушала ТС, что-то применяла на практике нерегулярно. Только начала смотреть видео Тафти и читать книгу. Косицу представляю, чувствую. Когда вспоминаю — просыпаюсь. Только вот я растерялась немного, не знаю, какую реальность задавать. Например, когда нужно что-то сделать (сходить в банк), задаешь реальность и получаешь чудо (оно у меня первый раз получилось). А вот, опять же, с деньгами как? Я понимаю, что быстро не реализовываются долгосрочные цели. А вот быстрые, например, — я открываю онлайн-банк, а там пришел неожиданный перевод, например, 5000 рублей. Осознание, активирую косицу, открываю банк, перевода нет».

Деньги так с неба не падают. Вам надо сосредоточиться на своей миссии и транслировать мыслеформы:

я высокооплачиваемый специалист, уникальный в своем роде, денежный поток ко мне возрастает.

«У меня такой вопрос: как притягивать больше денег? Работаю с косицей, со слайдами, мыслеформами („деньги приходят ко мне все возрастающим потоком, чем больше я трачу, тем больше ко мне приходит"). Представляю, как деньги слетаются ко мне, что покупаю дорогие вещи, выискиваю всяческую информацию об атрибутах своей цели. Но все же финансовой свободы хотелось бы больше. Посоветуйте, может, что-то упускаю».

Упускаете свою миссию. Деньги просто так с неба не валятся. Вы должны задавать мыслеформы: я классный высокооплачиваемый специалист, уникальный в своем роде, моя работа востребована. Отсюда и деньги.

«Допустим, я хочу получить свой дом. Подсвечиваю кадр, где это уже реализовано, но вдруг умирает родственник, который после своей смерти завещал свою квартиру мне. Продажа этой квартиры может реализовать мой целевой кадр с покупкой дома. Не получается ли так, что своим кадром я спровоцировал переход на тот сценарий, где возможна реализация кадра только через смерть родственника?»

Все когда-то умирают. На жизнь или смерть других людей вы влиять не можете.

«Я хочу кардинальным образом поменять свою жизнь, помогите, пожалуйста, правильно поставить намерение. Мне 37 лет, у меня есть мечта переехать в Москву, жить в шикарном пентхаусе, путешествовать по миру и жить богатой и роскошной жизнью. На данный момент живу в провинциальном городке, в съемной квартире, хочу уйти от мужа, но боюсь остаться без денег и не знаю, как сказать ему, боюсь обидеть, еще у нас общие долги и у меня дочь 18 лет от первого брака. С деньгами как-то не очень складывается, постоянно качели.

Поставила намерение: „Я владелица трехкомнатной квартиры в центре Москвы. Своим трудом я приношу радость миллионам людей на планете". В глубине души чувствую свой огромный потенциал и, прочитав в книге эту фразу: „Своим трудом приношу радость миллионам людей на планете", тоже захотелось реализовать себя по полной».

В первую очередь обращайте внимание на свою миссию. Что вы можете дать людям, чтобы заиметь квартиру в Москве. Декларируйте мыслеформы с косицей, что вы находите свою уникальную миссию, которая приносит пользу очень многим людям, и вам за это воздается и т. д. Сами лучше сформулируйте для себя свои мыслеформы. Заведите себе Проектор, там подробно расписано, как реализовывать труднодостижимые цели.

«В данный момент у меня тяжелая финансовая ситуация. Я косицей и в слайдах задаю такую реальность, что я обеспечен, живу в Европе на побережье моря, ну и остальные атрибуты прекрасной жизни. В то же время я ищу работу, косицей работу не задавал, так как не знаю, чем именно я хочу заниматься. Были варианты, которые меня устраивали, но работодатели просматривают резюме — и ни ответа ни привета от них. Последнее собеседование прошло в том же духе, хоть я полностью подходил под вакансию, я его и подсветил косицей несколько раз, и четко задавал, что меня приняли на работу. В чем здесь моя ошибка?»

Ошибка в том, что вы задаете две несовместимые реальности. С одной стороны, «живете в Европе на побережье», а с другой, ищете прозаичную работу на месте. В результате не работает ни то, ни другое.

Надо выбрать что-то одно. Например, сначала найти (задать) работу, которая вам обеспечит фундамент, а потом уже задавать Европу. Либо сразу задавать на полную катушку, а текущую работу искать без помощи косицы. В том и другом случае внимательно наблюдать за реальностью, чтобы не упустить двери (возможности), которые будут открываться.

* * *

Успехи читателей

«Потеряв работу и находясь два месяца в неведении, я сохраняла равновесие и не позволяла себе впадать в отчаяние. В конечном итоге я вознамерилась получить не просто работу, а именно работу своей мечты. Я получила намного больше того, о чем я могла мечтать. Мои запросы были скромные по сравнению с тем, что мне было дано. Не перестаю убеждаться в том, что, если не засыпать, техника работает с исключительной точностью!»

«Завела себе привычку: каждый день описывать как минимум пять причин для благодарности. Сначала это было непростым занятием, так как в тот момент у меня был очень сложный жизненный период. Потом постепенно причин для благодарности становилось все больше и больше, и в итоге все проблемы с легкостью решились сами собой, а реальность стала уютной и праздничной. Поддерживая эту привычку, я сумела создать для себя свой собственный яркий мир, где я скользила на волне удачи».

«Ясно ощущаю, что я такое и что значит быть здесь и сейчас. Ясно вижу мир вокруг и себя в этом мире. Чувствую всякое окружающее движение. И способна тут же подключиться к движению вообще и утвердить его. Проявляется диковинная материальная сущность энергии. Будто за спиной и над головой раздувается нечто с дуальными свойствами. Это одновременно материя и энергия. Какой-то сгусток энергии, настолько плотный, что он материален. А что, частицам „волноваться" можно, а моим волнам материализоваться нельзя?»

«Трансерфинг реальности... Что лучшее могло случиться со мной? „Жрица Итфат". Это больше. Это лучше. Жрица выводит учение на новый уровень, так как оно становится еще более слаженным, опираясь на тщательные образы кинолент, сценариев, кадров, персонажей, экранов. И еще более самобытным. Доступным и практичным. Это прекрасно. Это то, что нужно людям, которые в силу разных причин не прикоснутся к Трансерфингу».

«Что удивительно, даже неудача ничего не значит ровным счетом. Она есть, потенциальная в будущем или свершившаяся в прошлом (одинаково виртуальная), а реальность все же над моей головой и за спиной. Колоссально, умопомрачительно, и тут же скажем — ничтожно в масштабах Вселенной. И не страшен результат, одно только это состояние — само воплощение великолепия, существования, пребывания. Как высококлассный ластик — способно вычистить любой негатив и сонливость. Это моя косица?»

«Теперь на исполнение заказов, которые раньше исполнялись за один-три месяца, уходит от нескольких часов до двух недель!»

«Книги по Трансерфингу я перечитал и переслушал по несколько раз. И всякий раз открывалось что-то новое, важное, большое, упущенное при предыдущих прочтениях. Книгу „Тафти" я купил сразу, как только она вышла. Первое прочтение оставило смешанные чувства: идеи книги показались мне вариациями уже сказанного в Трансерфинге, а манера подачи книги („обращения" Тафти к читателю) немного удивили (больше, впрочем, с маркетинговой точки зрения — я думал о том, что новые и/или неискушенные читатели могут отказаться от книги только из-за этой манеры).

Прочитал книгу, выждал паузу в неделю и начал читать заново. Вот тут-то и „открыл рот от изумления". Оказалось, что при первом прочтении я просто ничего не понял. Внимание было захвачено манерой изложения, размышлениями о похожести или непохожести идей на Трансерфинг, но сама суть книги осталась на 90% не осознанной. Теперь, заканчивая второе прочтение, я потрясен той глубиной, которая в книге содержится, и снова переживаю те же минуты душевных потрясений и откровений, которые сопровождали меня при прочтении книг о Трансерфинге. Я даже думаю теперь, что эта самая „манера Тафти" — намеренная, необходимая для того, чтобы „отсеять" случайного читателя».

«Каждый раз, перечитывая, продолжаю находить все новые и новые смыслы».

МИССИЯ

«Что значит саморазвитие? Образование? Регулярные занятия? Только я не предполагаю, чем заняться... хочется многого, но по итогу ничем не занимаюсь, потому что нет концентрации внимания».

Заняться саморазвитием — это значит **включить свои амбиции и начать их реализовывать**. Человек без амбиций проживет жизнь зря и быстро постареет. Вы видели людей, у которых жизнь прошла просто так, бесцельно, напрасно? Таких много. Но коли вы здесь, значит, у вас есть амбиции. Однако если вы пишете, что „по итогу ничем не занимаюсь, потому что нет концентрации внимания", тогда вы кто? Не просто улитка, а безвольная, инфантильная улитка. Включите не просто амбиции — **включите себя**. Подумайте: какой бы вы видели улучшенную версию себя? Займитесь тем, за что будете себя ценить, уважать, нравиться себе. Неважно чем именно. Когда вы стремитесь себя улучшить и реализовать свои амбиции, **вы встаете на ПУТЬ**. Этот путь вас и выведет на миссию. Я не знаю, почему так происходит, но так происходит.

«Когда я думаю о своем предназначении как о заботе о семье и доме, у меня возникает беспокойство по поводу того, что я не зарабатываю и не имею своего дохода, ведь от „домохозяйства" финансового дохода нет. От этих мыслей становится некомфортно, я не могу расслабиться и получать удовольствие от жизни».

Забота о семье вполне может быть вашим предназначением. Только и о своем развитии нельзя забывать, тогда что-то новое в себе откроете. А иначе другая сторона медали откроется — деградация наступит.

«Я занимаюсь музыкой профессионально (сам записываю и свожу ее, я еще и звукорежиссер). И все время, когда я проводил за этим занятием, я ощущал единство души и разума. Для себя я давно решил, что буду идти этой стезей. Но в 2017 году произошло очень печальное событие, я начал терять слух с высоких частот. Лечение не помогает».

Вам можно попробовать технику Тафти в ванне, где проговариваешь мыслеформы с косицей: мой слух ко мне возвращается и т. д. Это коррекция вашего манекена. И это может реально сработать. Откажитесь от супермаркетной синтетики и медикаментов, перейдите на «чистоПитание» (книга такая). Не вижу причин, чтобы все не наладилось.

«Когда я пытаюсь обнаружить свою цель, понимаю, что то, от чего душа радуется, — абсолютно не пригодные вещи для социума. Например, освоить как можно больше профессий, изучить все, до чего можно дотянуться, буквально коснуться всего в этом мире, но нигде не привязывать себя. Также хочется испытать пределы человеческих возможностей. Проходить трудности, справляться с испытаниями, находить решение сложных задач, выбираться из ям, восстанавливать разрушенное и, напротив, бесконечно разрушать ненужное. Но какая-то часть меня говорит, что эти идеи мазохичны и вызваны нездоровой психикой».

Работа должна быть стабильная, а увлечений вашей души можно найти и в других областях, в экстремальных видах спорта, например, в путешествиях. Если же вы будете распыляться, мол, хочу и эту работу попробовать, и ту, так никогда не остановитесь и будете метаться как неприкаянная. Бывают и такие профессии, где вы можете приложить тягу к экстриму. Поищите их. Каскадеры женщины тоже бывают.

«Не удается мне выйти из состояния застоя и найти свою миссию. Я являюсь наемным сотрудником (работаю в банке) уже много лет, моя жизнь изо дня в день повторяется: дом — работа — дом, и праздники только в отведенные для этого государством дни. Просиживание в офисе превращается в каторгу для моей души. Есть огромное желание приносить пользу окружающим меня людям. Но понять, какую пользу я могу приносить, свою цель в жизни уже продолжительное время не могу.

Уволиться с работы также не могу, поскольку нет финансовой свободы. Спросить совета не у кого: своей семьи нет, а родители по большей части спят наяву. Им кажется, что я уже добилась успеха и моя зарплата в 20 000 гривен — это огромные деньги, поэтому за такую работу нужно держаться обеими руками».

В книге Тафти есть ответ на вопрос, как выйти из застоя: заняться саморазвитием, миссия сама отыщется.

Перечитайте главы о тридвижении. Только работу надежную не бросайте, а то все потеряете.

«Подскажите, правильно я делаю или нет? При активации косицы проговариваю мыслеформу: „Деньги есть. Деньги постоянно приходят из различных источников порой в разы больше, чем нужно. Я легко и в удовольствие зарабатываю более 2 млн рублей в месяц. В среднем работая 3 часа в день"».

Мыслеформа правильная, но при условии, что вы работаете, принося пользу людям. Ведь чтобы что-то получить, надо что-то отдавать. Деньги просто так с неба не свалятся. Сосредоточьтесь лучше на мыслеформе, что вы высокооплачиваемый и уникальный в своей области специалист, получающий большую отдачу от своей работы. Ну а мыслеформа с деньгами тоже не помешает.

«У меня проблема отсутствия цели, или целей. Один из алгоритмов был дан в Трансерфинге, второй, более действенный (сам проверил уже), от Тафти. Но сейчас у меня, и скорее всего не только у меня, образовался замкнутый круг. Раньше я много чего ВРОДЕ БЫ хотел, но ничего не делал в этом направлении. Можно сказать, ничего и не хотел. Сейчас же желания появляются изнутри, и они такие яркие и сочные, что хочется всего и сразу. И очень сложно сосредоточиться на чем-то одном. Получается опять ситуация, что мысли мечутся от одного ко второму, и ничего конкретного не делается. По факту почти одно и то же».

Заведите себе «Проектор отдельной реальности», он поможет систематизировать ваши истинные желания и отбросить лишние.

«Я визуализирую карьерный рост. Причем такой, с которым я приношу пользу, являюсь отличным, высокооплачиваемым специалистом в своей сфере, получаю удовольствие от своей работы, и меня это наполняет еще большей энергией. Почему наблюдается, как мне кажется, некоторый откат? Происходят какие-то глупые ситуации, в которых выглядишь не с лучшей стороны. Или ошибки, хотя проверяю все по несколько раз. Но они словно ускользают из моего поля зрения. Помню о важности и избыточных потенциалах. Это их действие? Или это тот самый „хлам", который выносится?

При этом я изгой в своем коллективе... Но, с другой стороны, мне неинтересны эти люди, я не хочу с ними обедать, и слушать их, и знать последние сплетни или „горячие подробности" из очередного ток-шоу. Я предпочитаю обедать одна. Но наш дружный коллективчик этого не понимает и считает меня странной. Хотя я наверняка странная в глазах других людей. Я не хочу интегрироваться во всеобщее действо. Продолжать следовать своим ощущениям? Но ведь человек — существо социальное... Как найти компромисс в данной ситуации?»

Невозможно построить карьерный рост, ставя себя отдельно или «выше» своих коллег. Вы придаете слишком большое значение своей «уникальности». Это потенциал чувства собственной значимости (важности). Надо быть проще и не относиться пренебрежительно к «неинтересным» вам людям. Все люди по-своему интересны. А кто чем увлекается — не имеет никакого значения. Ваши увлечения ничем не «умнее» и не «выше». Вы это должны понять.

«У меня есть мечты/цели, но то, что я хочу, еще не было никем достигнуто, даже близко. То, что я хочу сделать, либо никто не делал, либо пытались, но не получилось. А я почему-то думаю, что смогу, я вот почему-то думаю, что я особенный и у меня получится. Вопрос: я идиот и мне нужно спуститься с шизофренического неба или же я должен дальше идти своим путем?»

По-моему, ваши цели реально осуществимы, особенно с косицей. Используя техники Тафти, а также «Проектор», вы вполне способны сделать то, что никто никогда не делал. Задавайте свою гениальность, и что творите нечто гениальное, и получится. Почему нет?

«Исповедую все ваши принципы. Все бы хорошо, но не вижу своей цели, многим интересуюсь, очень разносторонний человек, много пробую, экспериментирую, очень быстро загораюсь как душой, так и разумом, но так же быстро и перегораю, переключаюсь на другой проект, предыдущий при этом не довожу до конца, быстро потеряв к нему интерес, бывает, правда, спустя некоторое время возвращаюсь к нему с новым интересом. Эти качели никуда меня за последние 10 лет не привели».

Я свою цель (миссию) тоже искал очень долго и тоже, как вы, увлекался чем-то и бросал. Знайте только, что ничего не происходит зря. Видимо, ваш путь не такой простой, как хотелось бы, и вам нужно через что-то пройти. Смотрите в будущее с оптимизмом, с принципами Лады и Пользы.

«Подскажите, как, с вашей точки зрения, найти свое место в жизни, определиться с деятельностью. Все техники, изученные мною, не дали эффект. Я не могу понять, что мне прямо нравится и что я хочу. Точнее, нравится мне, допустим, путешествовать, но у меня сразу много „но": семья, дети, работа, ипотека, надо много денег, я не общественный человек, надо кормить детей. И т. д. Можете что-нибудь посоветовать?»

Все пишут, что хотят путешествовать. Но это временное желание отдыха, а не род деятельности, если вы не профессиональный географ. Ваше дело — это то дело, которое вам по душе и которое приносит пользу людям. Тафти говорит: «Польза для других должна стать частью вашего кредо. Тогда и с вашей самореализацией не будет проблем. Более того, ваша собственная реализация станет успешной тогда и только тогда, когда в том и для других будет польза. И наоборот, если в том, что вы делаете, другим пользы нет, тогда и вам самим проку не будет».

* * *

Успехи читателей

Венера Габидуллина

О косице. Подруга женит сына, помолвка молодых. Сидим чинно и строго по-мусульмански, как полагается, все по ритуалу. Меня посадили между какими-то гостями, совершенно незнакомыми. Было очень неуютно. Смирилась, ведь к подруге пришла, не к ним. Ну, думаю, а ну-ка увижу себя и реальность, как оно выглядит? Увидела, все равно неуютно. Как на чужой свадьбе незваный гость. **Включила косицу и представила**, что мне рады все, а не только подруга.

Тут же одна из женщин повернулась и говорит моей подруге: «А что это твоя гостья скучает? И зачем ты ее посадила там, давай поближе». И все (!) стали поворачиваться ко мне и спрашивать, почему я там сижу, да почему такая невеселая, и пересадили рядом с подругой и стали рассматривать.

Я сама стала пунцовая, поспешно отключила косицу, да куда там! Я была просто не готова оказаться в центре внимания, которое сама же и попросила! От меня не сразу отстали, так и просидела, как аленький цветочек. Жаль, не снимали на видео, а то можно было бы наверняка увидеть этот момент — резкого интереса ко мне на фоне предыдущего равнодушия.

Тафти, я ищу свою половинку, с косицей, как только вспомню, и неважно где, начинаю осматриваться по сторонам с этой целью, потихонечку, чтобы не догадались. И теперь понимаю, насколько это цель глобальная! Сиюминутного результата нет, но если будет, то будет ошеломляющим! Я верю, я знаю! Лаха!»

«Вместе с косицей светила слайды балетных уроков, образы различных успехов на наших тренировках. Результат: учитель и студенты совершенно поражены, глядя на очевиднейший скачок в моем уровне. Люди вокруг вдохновились и теперь знают, что ничего невозможного нет».

«Хочу поделиться своими достижениями в практике работы с косицей. Мое хобби — рыбалка в любое время года. И вот на последней в этом году зимней рыбалке, сидя возле лунки наедине со Вселенной, я решил проверить работу косицы (хотя для моего разума эти подтверждения уже не требуются).

Подключаюсь косицей к пространству вариантов, на долю секунды **в глазах легкая рябь** (это на физическом уровне), как будто **перезагрузка**. Задаю реальность, подсвечиваю кадр, как кивок на удочке загибается вверх и вниз — рыба клюет. И рыба начинает клевать! Проверял неоднократно в периоды затишья клева — **работает без сбоев**, если не сразу же, то после того, как отвернешься в сторону посмотреть на красоту природы, а когда поворачиваешь взгляд на лунку — клюет!

А когда только ехал на рыбалку, то задавал неоднократно момент, как вытягиваю из лунки крупную щуку, а она сопротивляется, но потом я ее все равно вытаскиваю на лед. Задавал физические ощущения тяжести в своих руках трофея на том конце лески при вываживании из лунки. Это может даже эффективней, чем сама картинка — именно **память физических ощущений**. В итоге я поймал две щуки 3,4 и 3,2 кг.

И вот перед самым отъездом у меня уже на берегу из рук падает на землю одна небольшая, но очень важная вещица. Ну, вы знаете, как это обычно происходит. Она лежит перед глазами под самым носом, но ты ее в упор не видишь. Я и с этой стороны проползу по сухой траве, и с другой — не могу найти на протяжении нескольких минут.

Просыпаюсь, потому что сработал активатор — мне ВАЖНО ее найти! Активирую косицу, задаю кадр, как я поднимаю с земли свою вещь. И как только я отпустил внимание с косицы и обратил на землю, то мой взгляд упал прямо на мою потерю. Выделяю маркером, что РАБОТАЕТ, и еду счастливый домой».

«Я начала читать Ваши книги несколько месяцев назад, и они сразу отозвались во мне. На самом деле какие-то техники я как будто и раньше применяла, сама, интуитивно.

С жрицей Тафти обстояло немного по-другому. У нее на самом деле „высшая школа" Трансерфинга, и поэтому я немного откладывала применение Ее техник, думала, что пока рано, мол, надо базу сначала „выучить назубок"...

Пока однажды не „прижало к стенке". На работе был немыслимый аврал, и срок сдачи одного сложного проекта поджимал. Закончить его в срок было почти невозможно, а если и возможно, то с гораздо более низким качеством. Возможности переложить на коллег также не было, да и моя гордость мешала. Как себя помню, сижу, работаю и слушаю аудиоотрывки из Ваших книг (так как работа связана с компьютерной графикой, есть возможность слушать музыку и книги без ущерба работе), и как раз попался отрывок про Решение сложных проблем и водевильную линию жизни...

И я, осознавая, что это мой единственный шанс в данный момент решить вопрос с тем сложным проектом, активирую косицу и делаю намерение, что моя проблема решается „водевильно"... Снизила важность, сказала себе, что будь что будет, и продолжаю работать дальше. Какое же было мое удивление и шок, когда через 30 минут наша бизнес-менеджер просит меня остановить работу над этим проектом, так как она получила сообщение от клиента, что он только что продал этот проект другой компании и что концепт проекта в итоге поменяется.

Моя проблема была решена действительно очень легко, быстро и „водевильно", причем самым необычным способом!

После этого ко мне пришло осознание, и **я стала посерьезнее относиться к моей косице и чаще ее применять**. Благодаря ей я уменьшила аврал на работе, сумасшедшие сроки сдачи проектов просто исчезли! Также я улучшила качество своих выходных: я задаю себе замечательные дни и в итоге получаю огромное удовольствие и отдых. Получается избегать трафика на дорогах и не ждать автобусов.

И самое интересное, **я могу заказать встречу с новым человеком**, и что в итоге получается: незнакомые люди сами начинают разговаривать со мной!.. Так я уже встретила несколько новых друзей!

Я заказываю себе хорошее самочувствие и сильную энергетику и затем незаметно для себя обнаруживаю, что правильнее питаюсь и больше двигаюсь, с удовольствием и без контроля над собой. Или нахожу какую-то нужную информацию, которая мне помогает.

Вот так все просто: задаю намерение на результат (даже без визуального слайда), и **остальное само все подтягивается, без усилий**».

СИЛА

«Если описать коротко мое состояние, оно похоже на то, как будто я в коконе, как будто в яйце, как динозавр. Я знаю и чувствую в себе сумасшедшую, непостижимую силу и понимаю, что я могу творить все, все что угодно. Когда-то очень давно, в молодости, я уже это чувствовал. Но зная и чувствуя свою силу, я почему-то не могу ею воспользоваться».

Все правильно. Ощущение «я могу творить все что угодно» — это ощущение присутствия Силы. Или, точнее, метасилы. Вы не можете ею воспользоваться в том же смысле, как пользуетесь своей физической силой. Лишь единицы имеют к ней прямой доступ.

О таких людях я писал, что стоило им только узнать о возможности управлять реальностью, и данная способность у них сразу же проявлялась, как дар, после чего начинало происходить буквально «все как я хочу».

Но у нормального среднего человека доступ к метасиле заблокирован. Во-первых, потому что «нормальный» человек свою потенциальную способность не использует. А во-вторых, потому что метасила — она не ваша, она действует независимо от вас, помимо вас. И в то же время она в вашем распоряжении.

Доступ к метасиле можно разблокировать. Это делается путем каждодневной практики с косицей. Тафти для того и рекомендует практиковаться почаще, начиная с событий, которые произойдут неизбежно, и кончая долгосрочными и труднодостижимыми целями. Рано или поздно получите доступ, если будете работать с косицей систематически.

Но этот процесс можно ускорить, если понимать принцип действия метасилы. Секрет в том, что ее нужно **не применять, а подключать**. Вы ничего напрямую не делаете, а всего лишь **косвенно способствуете** и наблюдаете, как оно само делается. Не заставляете, а позволяете, чтобы оно само делалось.

Косвенно — означает что опосредованно, с помощью косицы. Потому и говорится, что метасила включается где-то позади вас, помимо вас, а вы как бы и ни при чем. Вы не должны прилагать усилий. Напротив, если прилагаете усилия, действует ваше внутреннее намерение, а метасила не задействуется.

Требуется не усилие, а **сосредоточенность и отстраненность**. Сложность в том, что сосредоточенность обычно подразумевает волевое усилие. Надо сделать некоторое усилие над собой, чтобы сосредоточиться на целевом кадре. А усилия быть не должно. Но научиться этому можно.

Нужно активировать косицу и войти в некий транс, где вы сосредоточены и в то же время расслаблены, отстранены.

Это как «хлопок одной ладонью» в Дзен. Вы присутствуете и одновременно отсутствуете. Вы есть, и вас нет. Вы хотите, но не желаете. Намереваетесь, но не настаиваете. Вы инициатор, но вы ни при чем. Вы не действующее лицо, а скорей наблюдатель. Не делаете, а наблюдаете, как оно само делается. Не заставляете, а позволяете.

Если войдете в такое состояние, поймаете такое ощущение, то это и будет ощущение прямого доступа к метасиле.

«Метасила, как я понимаю, это ощущение, которое возникает после активации косицы?»

Метасила — это не ощущение, а проявление Силы, ее обратная сторона. Сила — это некий **движок реальности**, который крутит киноленты. Сила действует с этой стороны зеркала реальности, материальной, а метасила с обратной, нематериальной. Метасила работает где-то позади вас и помимо вас. Сила вами используется косвенно, как метасила, через посредство косицы. Метасила запускается, когда вы активируете косицу и задаете реальность.

В задании реальности работает не усилие, не напряжение, а **сосредоточенность**. В этом свойстве проявляет себя метасила. Почувствовать ее как свою силу, например, когда вы поднимаете тяжесть, нельзя. Ощущение метасилы — это скорей квазиощущение. Описать словами квазиощущение невозможно. Оно проявится, когда вы ощутите свою **способность и власть задавать реальность.**

Попробуйте почувствовать эту способность и власть, когда подсвечиваете кадр косицей. Вот это и будет **ощущение метасилы.**

«Вы писали, что не надо косицей болтать попусту, без надобности. Имеется в виду трогать косицу без намерения? Что ослабляет косицу и мою способность пользоваться ей? Когда достигается максимальный эффект от активации косицы, при каких условиях? Только при высоком уровне энергетики?»

Максимальный эффект от косицы достигается **при максимальной сосредоточенности и одновременно отстранённости**. Сосредоточенность нужна для того, чтобы отбросить все лишние мысли и сфокусироваться только на целевом кадре. Отстранённость означает, что вы работаете не внутренним намерением, не усилием воли или напряжением мышц, а некой сторонней силой (метасилой), которая привлекается независимо от вас и помимо вас. Вы лишь шевелите мизинцем.

Высокая энергетика, конечно, тоже не помешает. При низком уровне энергетики вы «не дотянетесь» до метасилы.

А не болтать косицей попусту необходимо затем, чтобы она была под вашим контролем, иначе в жизни получите хаос. Косица — это инструмент, а подсветка кадра — ритуал. Вы же не размахиваете молотком просто так, бесцельно?

«Можно ли заниматься магией для себя, в своих целях и интересах, не касаясь других персонажей непосредственно? Или такое мощное целенаправленное приложение силы тоже создаёт избыточный потенциал?»

Техники Тафти — и есть магия в ваших интересах и целях. А Сила любит сильных. Не усердствуйте только излишне, не хватайте мир за горло, и тогда не тронут вас равновесные силы. Тафти сколько раз повторяет:

старайтесь, не прилагая усилий. Старание необходимо только для одной вещи: сосредоточиться на косице и целевом кадре на несколько мгновений. **Сила — не в напоре, а в сосредоточенности.**

«Не могли бы вы рассказать о своем личном опыте, впечатлениях и ощущениях по практике „Сила прошлых воплощений"»?

Мой опыт очень специфичен лично для меня, вам он не поможет. Вам следует просто выполнять рекомендации Тафти — регулярно, время от времени, провозглашать эту декларацию с косицей. Сила может прийти не сразу, а постепенно нарастая, либо почувствуется через определенный период времени. Она обязательно придет, если заниматься хоть иногда, но систематически.

«Сильно интересует такой факт: нельзя управлять чужим сценарием и тем более причинять людям зло. Ведь тогда дива Матильда с помощью своего Намерения уронила на сцене своего двойника-дублера? Ведь это живой пример причинения зла, если уж судить в общем и целом?
Почему-то кажется, что это не простой художественный прием. А Тафти категорически запрещает влиять на чужую реальность, как и сам Трансерфинг грозит кулаком по этому поводу. И что считать причинением человеку зла? Ведь зло, как и добро — понятия очень субъективные. Добро и зло есть по сути просто наше отношение к ситуации».

Прием Матильды — это очень безобидный и простейший прием. Более серьезные вещи, как влияние на чужой сценарий, вы не сможете осуществить. **В вашем распоряжении — только ваши киноленты.**

Вообще, Матильде удалось опрокинуть свою дублершу лишь потому, что они обе — это как два «релиза» одного и того же персонажа, и у них общее кино. А вот, например, завалить балерину на сцене вам не удастся, потому что у вас с ней разные киноленты.

Теоретически, если вы с персонажем находитесь на одной киноленте (в одной тесной реальности), ваш совместный сценарий изменить можно. Но только во благо. Например, задать реальность, где ваш ребенок выздоравливает, и вы с ним катаетесь на санках. Во зло — очень не рекомендую, словите бумеранг.

Практически же, в большинстве случаев вы, даже стоя рядом с персонажем, находитесь с ним на разных кинолентах, поэтому как-то повлиять на его сценарий (точнее сказать, заставить его перепрыгнуть на другую киноленту, с другим сценарием) невозможно.

Поясню, что значит «разные киноленты». Реальность, вместе с окружающими вас людьми, может вам казаться одной и общей на всех, но это не так. У каждого слой своего мира, но эти миры, как киноленты, накладываются друг на друга, потому и кажется, что реальность на всех одна.

А в случае спарринга, когда вы находитесь с противником в прямом контакте, вы на одной киноленте? Может, да, а может, и нет. В кино вон какие спецэффекты вытворяют. Но реальность устроена намного сложней, и всевозможных «спецэффектов» там не счесть.

В ходе состязания сосредоточить косицу на целевом кадре сложно. Лучше задолго до состязания задавать такую реальность, где вы побеждаете. И не один раз задавать, а систематически и неоднократно. Одного импульса косицы может не хватить.

Имеется еще технология бесконтактного боя. Возникает вопрос, не имеет ли это отношения к управлению персонажем при помощи косицы? Опять, может, да, а может, и нет. У меня есть по этому поводу некоторые соображения, но они еще не проверены, а о том, что не проверено, я не говорю. Проверяйте сами, потом мне расскажете.

В любом случае, лучше не трогайте чужую реальность — задавайте свою.

«В чем разница между принципом Трансерфинга „Координация намерения" и принципом Тафти „Польза"?

Координация намерения — это когда мы неприятность намеренно объявляем приятностью. Но объявить просто так не всегда логично и не всегда удается. Принцип Пользы — это когда мы в любом, пусть даже неприятном событии, **ищем пользу**. Не объявляем пользу, а **наблюдаем и ищем** ее. Кто ищет, тот находит и получает.

«Можно и нужно ли совмещать техники из Трансерфинга и техники Тафти?»

Можно и нужно использовать все техники. Наиболее эффективным будет сочетание Проектор отдельной реальности + техники Тафти.

«Когда применяю технику с косицей, неприятности начинают сыпаться на меня. Как только перестаю, все более менее успокаивается. Это нормально, когда идет череда неприятностей?»

Нормально. Если вы не управляете своей реальностью, ваша жизнь течет по спокойной реке. Как только начинаете ставить цель и намеренно двигаться к ней, может возникнуть бурное течение. Возможно, чтобы добраться до вашей цели, требуется пройти по горной реке. Руководствуйтесь принципом **Пользы**.

«Является ли осознанный выбор сценария (с помощью слайдов или косицы) частью сценария? И есть ли у людей действительная свобода выбора сценария, или за механизм выбора отвечает вышележащий сценарий?»

В книге «Тафти жрица» есть прямой ответ на этот вопрос. В момент пробуждения вы открепляетесь от сценария и получаете возможность задавать свое кино. Еще там написано, что **сценарий не знает о вашей способности менять киноленты**. То есть да, у людей есть полная свобода выбора. Только выбора не сценария, а киноленты, где реализуется целевой кадр, который подсвечиваете.

«Я хорошо справляюсь с обустройством своего мира, но что касается денег — их катастрофически нет! Не понимаю, что не так с мужем делаем, но деньги к нам не приходят. Иногда не хватает даже на продукты».

Вы застряли в старой реальности. Ее надо обновить. Войти в состояние очень обеспеченного человека. Впустить в себя денежный поток. Позволить себе достаток.

Позволить одновременно просто и сложно. Вспомните одну хорошую практику Трансерфинга — **расширение зоны комфорта**. Возьмите себе на вооружение следующие мыслеформы.

/ У меня чистый организм, мощная энергетика и ясное сознание. Я **чистая, быстрая, мощная горная река**. Энергия течет через меня свободным мощным потоком. Я впускаю и пропускаю через себя энергию, знание, деньги. /

Почему горная река? Потому что среднестатистический человек ходит будто зашунтированный, обесточенный. У него на «трубе» **заслонка**, поэтому и энергия, и знание, и деньги текут через него слабой струйкой. Энергия намерения блокируется, возникает застой, непроходимость, торможение. Нужно открыть заслонку.

Из чего состоит эта заслонка? Если вкратце: из токсинов, которыми перегружен организм; из информационной переполненности и зависимости, которую создает система; из ограничивающих убеждений и блоков — прищепок.

Вы все-таки прочитайте книгу **«Взлом техногенной системы»**. Это книга Силы. Она довольно объемная, но там подробно расписано, из чего складывается заслонка. Вот цитата из книги: «*Прищепка — это то, что угнетает вас или не согласуется с вашим Я. На вас давит какой-то груз, но вы смутно догадываетесь, что это неправильно, что так быть не должно*». Знакомое чувство?

Уберите свои прищепки, откройте заслонку, и попрет из вас здоровье, жизнерадостность, вдохновение. И энергия, и денежный поток потекут, как через горную реку мощную.

«Очень часто у меня возникает откладывание — откладывание дел, откладывание действий, откладывание целей, откладывание жизни, наконец. Всегда нужны какие-то условия для того, чтобы начать что-то делать. Хотя при этом я сам понимаю, что не нужны никакие условия, что начинать делать можно (и нужно) уже сейчас».

Вы находитесь в состоянии застоя. Так можно и камышом зарасти. Для того чтобы выйти из этого состояния, нужно привести себя в движение, войти в **поток намерения + действия.** Найдите себе сильный мотиватор, поставьте себе цель. Начать можно с совершенствования своей физической формы. Начать бегать или кататься на велосипеде, например. Когда придете в движение, вы почувствуете, что значит **находиться в потоке.**

«Энергетические потоки проходят через нас, когда мы находимся в помещении? Или только на улице? Энергетические потоки проходят через нас, когда мы одеты в теплые одежды в три слоя и шапки, или мы должны быть открыты и сверху и снизу? Энергетические потоки есть везде? В большом городе из асфальта и бетона они тоже есть или только на природе? Когда я была летом в Туапсе, я чувствовала, как энергетические потоки идут сквозь меня, но только на улице. Когда я вернулась в Новосибирск, это ощущение пропало. В связи с этим и возникли вопросы».

Одежда и помещение как таковые не препятствуют течению энергии Вселенной. Но неэкологичные среда, жилье и одежда могут блокировать вашу способность пропускать через себя энергетические потоки. Поэтому энергия лучше всего воспринимается и пропускается через вас на природе.

«Меня очень заинтересовала глава о Силе прошлых воплощений в книге „Тафти жрица". И хотя техника работы с НЕЙ в книге вкратце представлена, не могли бы вы рассказать о своем личном опыте, впечатлениях и ощущениях этой ПРАКТИКИ?!»

Сила приходит как уверенность в себе, как способность совершить невозможное.

«Сосредоточенность и отстраненность... В общем-то, эти два понятия практически исключают друг друга».

Вот когда вы сумеете совместить сосредоточенность и отстраненность, тогда почувствуете метасилу как свою собственную.

* * *

Успехи читателей

Хельга Дьяченко

«БЛАГОДАРНОСТЬ огромная всем!!! За эту группу Тафти, Зеланду и всем участвующим!!! Это просто Кайф. Каждый день просыпаться и знать, что в тебе все меняется в лучшую сторону!!! Что ТЫ. Только ТЫ Создаешь свою РЕАЛЬНОСТЬ!!! И это Круто, ребята!»

Алексей Роппель

«Тафти, благодарю! Я счастлив, что нашел тебя и Трансерфинг! Это было случайно! Я научился задавать свою реальность! И от этого я кайфую!»

Денис Шеремет

«По поводу возвращения силы прошлых воплощений. Практика эта работает. Чувствуешь себя увереннее по отношению к целям. Появляются в голове мысли типа: „Я могу достичь эту цель, без вопросов". Лично я стараюсь проговаривать заветные слова по пять (а то и шесть) раз в день. Всю силу мне пока еще вернуть не удалось, но то ли еще будет».

Наталия Самута

«Я с помощью регрессий смотрела, кем была в других своих воплощениях. И действительно, будь ты и не человеком, личная сила в любом случае есть. Спасибо за отличную практику. Нечто похожее делала в регрессиях. Нужно негативный опыт оставлять там, а силу забирать с собой в новые воплощения».

Леша Носов

«Ааааааааааа, у меня просто нет слов. Попробовала косицу после контрастного душа. Это бомба. Наутро то, что я хотела увидеть, проявилось в реальности».

Архитектор Творческий

«Я с детства испытывал нехватку энергии. Быстро иссякал эмоционально, а на физическом плане быстро становился голодным. Но когда начал декларировать возврат силы, новым для меня ощущением стало чувство заполненности в груди, будто раньше пустовавшая емкость стала заполненной. А голод стал меня меньше тревожить».

Катя Огонек

«Хочу поделиться. Все, что я задавала и намеревалась, у меня получилось. Люди, которые сомневаются: все работает. Иногда не сразу».

Катя Огонек

«Реальная ситуация. Ушел парень. Мысли и реальность были мрачны. И я решила, это радость. И начала извлекать пользу. Стала приседать по 300 раз в день. Дошла до 1000. Бегать могу по 20 км. 37 пробежала. Купаться в проруби стала. Работать на себя. Переехала куда хотела. Вот честно, реально лучше стала. А я ведь уже помирать с горя собиралась».

An Nosik

«Я случайно наткнулась на ваши видео, не думала, что буду смотреть, но в начале первого видео очень тронула фраза про прошлые жизни, с которой согласна полностью, это очень сильная и глубокая фраза, далее просто поразила тема работы с косицей, я впервые слышу такое выражение, и такие методы, почему поразила, потому что я уже давно делаю медитации именно таким способом, я впервые увидела, что, оказывается, это не мое что-то придуманное, оказывается, этой технике даже обучают, откуда же я к этому пришла сама? Видать, из прошлых жизней».

Татьяна Белоногова

«Привет осознанным! Я второй день практикую осознанность. Что я чувствую? Позитив! У меня хорошее настроение, я делаю то, на что раньше бы не осмелилась. У меня сейчас на работе, если честно, такая проверка, какой еще не было! Я заметила, что я легче переношу проблемы, потому что представляю, что это сон».

Денис Рогов

«Читаю книгу по второму кругу, уже без эмоций, при первом прочтении про метасилу не понял, что это такое, вчера на втором разе все стало ясно. Но лично мое мнение, что предыдущие чтения ступеней Трансерфинга сильно помогли понять суть модели Тафти. Для меня эта книга прекрасное продолжение к ступеням 1–5, напоминает начальную школу и старшие классы, где вначале говорят: делить на ноль нельзя, а потом говорят: делить на ноль можно, только осторожно».

Вика Томина

«Сегодня с утра подсветила раза три кадр, но не думала, что прям сегодня это реализуется, да еще и с голубой каемочкой. Тафти, огромное спасибо за знание! Сегодня реальность отозвалась быстро, моя Сила растет, и с каждым днем все сильней! Люди, чтобы все закрутилось, чаще подсвечивайте свои шаги, так и Сила растет, и косица мощней становится».

СОЦИОФОБИЯ

«Как избавиться от социофобии? Очень устал от этого, из-за чего периодически срываюсь в алкогольный запой».

Любая фобия — это блок, прищепка. Блок устраняется действием. В книге «Взлом техногенной системы» дана универсальная формула для снятия блоков и подробно расписано, что и как делать.

*Выявляем прищепку (что гнетет),
убираем ее (осознаем),
создаем поток (действуем).*

Действие в вашем случае — это идти навстречу своему страху. У вас это получится, если войдете в состояние осознанности (присутствия). Наблюдайте за собой, за своим страхом — и идите навстречу страху. Страшно — только тогда, **когда сценарий тащит вас, а вы в беспамятстве.** Понимаете? Кошмар во сне является кошмаром именно потому, что вы не осознаете, что это сон. **А вот когда вы осознанно наблюдаете, страх исчезает.** Во сне или в реале — без разницы.

Я в который раз даю ссылки на книги о Трансерфинге, потому что там уже давно сняты многие вопросы. Это начальная школа. Техники Тафти — высшая школа. Освойте сначала начальную, если высшая не дается или не помогает.

Вот, например, отрывок из «Взлома»:

«Если вы смотрели фильмы про Джеймса Бонда, то могли обратить внимание, что он почти никогда не думает, а просто действует. Любая его миссия — невыполнима. Когда его спрашивают: „Как вы собираетесь это делать?" — он отвечает: „Понятия не имею". Но идет и делает. Он не размышляет над тем, возможно ли это и как это осуществить (ну разве что самую малость). Решения приходят сами, в процессе. Он не обременен потенциалами важности — просто движется в потоке, а решения хватает тут же, на лету.

И дело не в том, что на экране все легко. Тот же принцип работает и в реальности — **безусловное намерение Вершителя**. Вершитель не рассуждает, а идет и берет свое.

Понаблюдайте за морским прибоем. Намерение Вершителя подобно волне. То, что она выплеснется на берег — неизбежно. Она выбрасывается на берег со всей силой, но без надрыва. Таким же непоколебимым должно быть и ваше намерение: я иду и спокойно беру свое, без истерики, без вожделения, без страха. Я — волна».

А во «Взломе», кстати, впервые появляются персонажи из «Жрицы Итфат» — Оранжевая Корова и Желтая Подлодка.

«Какие техники лучше применять для победы над своими страхами, недостатками, обрести уверенность в хорошем смысле этого слова? Например, у меня не совсем четкая дикция... Говорю иногда быстро, когда нервничаю. И знаю это за собой, но контролировать получается далеко не всегда. Или не люблю общаться по телефону, особенно с незнакомыми людьми...»

По поводу страхов. Я — это мое внимание. Мои страхи — это не я. Даже моя мыслемешалка — это не я. Я становлюсь собой, когда устанавливаю внимание в центр и наблюдаю за собой, за своими страхами. В момент пробуждения страхи скукоживаются и исчезают. Всякий раз, когда вы ловите себя на том, что чувствуете неуверенность или страх, просыпайтесь и наблюдайте за собой. Сразу станет легче и проще.

«Страдаю социофобией лет с 15, а мне уже 34. Как от нее избавиться и больше не испытывать страхов? Так как я лишний раз из дому не выхожу без большой необходимости, по возможности стараюсь избегать любых контактов. Я уже устал так жить. Ходьба на работу, это просто ад для меня. Постоянно атакуют панические страхи. Боязнь внимания к себе, огромный дискомфорт в обществе на людях. Как можно избавиться от этих страхов? Страхи очень сильные, что аж тики на лице. Все мышцы сжимаются. В зависимости от ситуации и количества человек. Не жизнь, а ад какой-то. Хочется чувствовать себя спокойно на людях, в этом социуме. Подскажите, пожалуйста, что можно сделать?»

Страх возникает потому, что вы спите, а вас ведет сценарий. Вы реально спите наяву и видите кошмарный сон. Осознайте такую мысль: страх — любой, не обязательно вашего типа — возникает в ситуации, которую вы не можете контролировать. **Вы осознаете лишь одно — что не можете это контролировать.** А почему не можете — не осознаете.

Нужно осознать, что ведет вас сценарий, принять это как аксиому. **А дальше** — у вас есть выход — **проснуться и гулять в реальности как в кино**, и наблюдать за собой, как вы гуляете, и за людьми наблюдать, и видеть, что они всего лишь персонажи, точно такие же, как были вы сами, когда спали наяву, и что сделать вам ничего они не могут, и что страхи ваши просто смешны.

Поймите: вы — это ваше внимание. Ваши страхи — это не вы. Вы становитесь собой, когда устанавливаете внимание в центр и наблюдаете за собой, за своими страхами. Когда вы рассматриваете свои страхи, или себя со своими страхами, осознанно, как через увеличительное стекло, ваши страхи сразу же становятся ничем. Они просто не имеют под собой никакой основы, как опавшие листья.

Помните: как только вас что-то начинает пугать или напрягать — проснитесь, войдите в состояние присутствия, осознайте, что вы можете контролировать ситуацию и себя в этом состоянии, и гуляйте себе спокойно — в кинокартине.

«После прочтения книг я испробовал косицу, по мелочам результат проявился буквально на следующий день, и маленькие чудеса происходят практически ежедневно, но у меня возник один вопрос: мне стало некомфортно, точнее страшновато ставить большие, амбициозные цели — я стал бояться негативных последствий их реализации».

Боитесь, что придется как-то расплачиваться, типа, за все надо платить? Вы платите своей энергией намерения и действия, когда реализуете цель, ничего более вы реальности не должны. Или боитесь своих возможностей? Не понимаю, чего тут надо бояться.

«Я не понимаю, почему я испытываю страх перед будущим. Понимаю, что могу программировать свою ленту, но страх того, что все не настоящее и впереди ничего нет, меня парализует. Как мне справиться со страхом?»

Страх устраняется действием. Например, проснуться, шагнуть навстречу страху, задать свою реальность. Вы, наверное, не действуете, а только «понимаете», что можете задавать свое будущее. Как это «не настоящее»? Все настоящее. Задавайте свою реальность, и убедитесь, и ощутите, насколько все это РЕАЛЬНО.

* * *

Успехи читателей

Василий Ко

«Всем привет. Из последнего. Пришел на работу, начал совершать действия, но как-то медленно показалось, а впереди еще ого-го — успеть бы до заката (в прямом смысле). Естественно, отслеживал себя и реальность и задал, что у меня все быстро и отлично получается, я профессионал своего дела и с каждым действием все лучше. Но я не останавливался для позы лотоса, а задавал во время действий. Ну и просто делал дальше работу, отслеживая сценарий. Минут через 10 „ни с того ни с сего" стал все делать вдвое быстрее без ущерба качеству. Самое интересное, что было ощущение, как будто бы это нормально, так и должно быть, сам делаю и удивляюсь, ведь так мог и раньше. Откуда энергия взялась? При чем тут питание? В итоге сделал всю работу вдвое быстрее. Мне до сих пор не верится. Спасибо, Тафти!»

Aliya Kerey

«В книге Тафти есть целая глава про тридвижение. Кратко — двигать реальность, двигать собой, двигать себя. Делание себя, разжигать искру Создателя, это довольно приятное занятие, если подходить к этому осознанно. В моем случае, контрастный душ каждый день, скипидарные ванны, занятие спортом в удовольствие (то есть только теми видами, которые нравятся, без насилия над собой), супертурбоплюс для очищения воздуха дома, живая еда (до 3–5 раз в день) в итоге привели к тому, что вес уменьшился на 20 кг без всяких обвисаний, сахар понизился, жизненный тонус поднялся, внешний вид, судя по комплиментам знакомых, улучшился. Хотя цель такую не ставила, делала больше для повышения уровня энергетики для реализации намерения — главной цели».

Жайлау Тажибаева

«Начала следить за своими эмоциями и реакциями. Только-только знакомлюсь с собой и со своей новой реальностью. На мелочах вообще не тренируюсь. А вот из долговечных целей есть результат, удивительно, что возможности возникают из ниоткуда. После таких случаев осознанность сама по себе начала обостряться. Только тихо творите».

Ирина Гаятри

«Сегодня поехала на природу гулять. Место незнакомое, транспорт там ходит редко. Волновалась, как бы не пропустить автобус и не остаться ночевать в лесу.

Загадываю — благополучно оттуда выбраться. Нашла автобусную остановку, но оказалось, что ждать его больше часа. Расстроилась, но тут же мысль — Польза! Успокоилась, пошла гулять. Нашла отличный пляж с красивым пирсом, кучей детей, собак, влюбленных парочек, а рядом — классное кафе. Взяла еду навынос, поела на пляже, насладилась закатом! И довольная, как кот, благополучно уехала на автобусе».

Юрий Дутов

«Тафти Итфат, благодарю тебя и творю с тобой. С последнего твоего наставления прошло чуть больше двух недель, и у меня свершилась грандиозная сделка. Подтверждением тому, что это благодаря Трансерфингу, а именно косице, служит тот факт, что все произошло совершенно с другой стороны. Я даже на объект не выезжал».

Вика Томина

«Практика, больше практики. Вот я, а вот моя реальность, я пью воду осознанно, вот я, а вот моя реальность, я иду за хлебом и наблюдаю, что происходит вокруг, вот люди идут, а вот я иду, все люди кругом спят, играют свои роли, а вы не спите, видите себя и видите их, но уже осознанно, вот как-то так».

Вика Томина

«Вот поделюсь, что сейчас было. Мне надо было оплатить садик, купить лекарство и что-нибудь мелкому из сладостей, печенье. Взялась за кошелек, а там меньше сумма, ну, подумала, сладости отпадают. И тут я проснулась: как это отпадает, сейчас я куплю все, что мне надо, и еще и останется. Подсветила все маршруты своих покупок, то есть уже забираю товар.

Все прошло гладко, купила, и еще 100 рублей осталось. Аптекарша предложила аналог одного крема намного дешевле».

Олег Сарновський

«Моя Тафти, все работает, спасибо. Уже несколько дней тренируюсь с любым событием, которое надвигается. Все стало получаться намного лучше, быстрее, с большим прогрессом, нежели до этого».

Вика Томина

«Надо было сходить на почту забрать посылку, а ведь там всегда много людей, я подсветила кадр в осознанности, что забираю посылку без проблем и очередей, так и вышло. Сегодня у меня рекорд — осознанное состояния без засыпания 40 минут. Когда на улице прогуливаюсь, все люди куда-то бегут по делам, прикольно за ними наблюдать».

Ольга Авдонина

«У сына вчера была контрольная подготовительная к ЕГЭ, он всю ночь не спал, переживал за результат (лишь бы не 2 говорил, иначе... у него школа физмат). Короче, утром я подсветила кадр, что он мне звонит и говорит о хорошем результате. Он звонит и сообщает, чтобы я села, иначе упаду, — у него 5 по математике! Я в шоке вообще».

Наталия Семенова

«У меня был случай, когда я пошла в магазин, и вдруг почувствовала себя в моменте сейчас и решила, что я куплю все, что хочу. Просто намерение спокойное было — в итоге, действительно, взяла то, что на тот момент нужно было, где-то 800 рублей вышло, расплатилась картой, так мало того что эти деньги не снялись, так еще и смс пришла, что плюсом еще 2000 появились».

Светлана Масальских

«Текущие желания исполняются, бытовые, если хотите. Я вот сегодня вдруг записала ребенка на прием к врачу, причем из регистратуры сами позвонили. (Мы уже три недели не могли записаться на плановый осмотр, и через заведующую, и всяко.) И произошло это (удивительно) через 40 минут после „активации косицы". Совпадение? Не думаю».

Вика Иордан

«Дважды загадала проснуться за 5 минут до будильника, и сработало! Для меня это что-то невероятное, вот в течение лет десяти никак не могу себя приучить, до последнего проснуться не могу. Потом ношусь. В третий раз, правда, не сработало. Списываю на спиртное, был в моей жизни на этих выходных праздник запланирован. И еще назначен был прием к врачу с дочерью, обычно в ожидании минут сорок сидим. Пока ехала, задумала, чтоб совсем народу не было. Потом подумалось: „Ну уж нет, там такого не бывает". Но еще раз на всякий случай повторила запрос. Ну и важности совсем не было. Как эксперимент. Приехали, пусто, и сразу в кабинет врача».

Маша Лебедева

«На праздник возвращалась домой из гостей, а транспорт в мою глушь мало того, что плохо ходит, но еще и имеет привычку на каждый праздник „ломаться" перед последним рейсом. Но мне так хотелось домой, что я взялась за косицу всерьез. Вези меня, косица.

И что вы думаете — незнакомые попутчики предложили подождать с ними, они вызвали друзей. Пока я ждала, неожиданно увидела соседей, и они довезли меня до двери. Без косицы я бы поистерила и побрела грустно к родственникам ночевать, а с косицей я верила, что буду дома».

Татьяна Ларина

«Ну, самый яркий пример пока. Давно подумывала сменить место работы. Но решила сделать это после второго декрета. Вот, сижу полгода в декрете. Периодически транслирую во вселенную свое резюме, представляю, как меня нарасхват приглашают в разные компании, и я выбираю себе подходящую. Чтобы как раз перед отправлением дитя в садик мой мир подготовил бы для меня смачные места, или место, но чтоб сразу мое. А как узнала про косицу, утренние слова „я добиваюсь всего, о чем задумала и т. п." вечером этого же дня превратились в предложение поработать прямо с завтрашнего дня удаленно (то есть дома, по инету) да еще и с зарплатой повыше прежней. И с занятостью на пару часов в день. Вы представляете, как я офигела (мягко говоря)? И это не один пример. Их куча, один на другом».

Виктория Кодолова

«Восхитительная Тафти, спешу снова поделиться результатами. После активации косицы заказчики заваливают заказами на перевод, даже приходится выбирать. На следующий же день после активации перечисляют оплату. Для меня открываются новые возможности по профессиональному обучению, приходят в голову новые идеи, как именно продвигать мой бизнес и находить клиентов».

Варвара Шестакова

«Похвалюсь результатами. Я обрела свою Настоящую Любовь и совершенно неожиданно подправила здоровье на этой волне. Прямо как трансгрессией переместило в новое тело, я его не узнала с ходу на следующий день, когда делала гимнастику. Жизнь становится какой-то совершенно все более удивительной, объемной, яркой и странной. Будущее идет совершенно неожиданными поворотами сюжета. Я его уже не берусь предсказывать».

Елена Медянина

«Хочу поделиться своим полученным бонусом: у меня оба глаза −2,5 близорукость, когда вхожу в точку осознания, зрение существенно улучшается, вижу без очков прекрасно! Понаблюдайте, у кого зрение не очень!»

Andrey Ikonin

«Спасибо тебе, дорогая Тафти! Очень быстро решил очень сложную проблему!»

Ольга Иешкина

«Я очень хотела к солнцу, морю. Не планировала, не мечтала, а визуализировала с помощью косицы. И получилось! Неожиданно! И деньги, и время нашлись, в кратчайшие сроки. Спасибо, Тафти!»

Мира Пластилин

«Я уже две недели практикую косицу, постоянно направляю внимание на спину и говорю себе, что хочу осознать себя во сне, что вот сегодня я обязательно осознаю себя во сне... и, о чудо! Сегодня это случилось! Я поняла, что если бы не моя практика постоянно просыпаться наяву, то ничего бы во сне у меня не вышло. Это так здорово! У меня столько эмоций! Ааааааа!»

Irem Burak

«Моя деятельность идет в гору. Такое впечатление, что люди, которые нуждаются во мне, сами идут ко мне. Я сейчас приостановила бурную активность в соцсетях для эксперимента, но тем не менее работа уменьшилась, а доход увеличился. „Просветила" процесс рождения ребенка, да и характер самого ребенка, как просветила, так все и прошло — идеально. Перехожу на новые уровни теперь, на более смелые фантазии».

Айгуль Сабитова

«Результаты: улучшились отношения с людьми, успехи в профессиональном плане, на тренировках, во внешности. А еще я вдруг стала отлично видеть, хотя у меня –5».

ПИТАНИЕ

«Уделяет ли Тафти внимание питанию как части пробуждения в кинокартине. Если честно, не могу представить, как, питаясь как попало, можно применять ее техники и вообще что-то воспринимать из книги».

Можно и техники применять, и воспринимать, потому что книга «Тафти жрица» написана специально с тем учетом, что внимание людей занято потоком информации, а сознание затуманено синтетической пищей. Теория изложена как в учебнике, но с «пробуждающими» репликами Тафти, а практика — максимально алгоритмично: делай раз, делай два. Если даже просто делать, не особо вникая, все равно будет что-то получаться.

Однако вы правы в том, что, если питаться как попало, затуманенное сознание не позволит окончательно проснуться и достичь более-менее серьезных целей. Об этом не говорится, потому что все уже сказано не раз. Кто готов проснуться, тот сам найдет нужную информацию, а кто в глубоком сне, до того не достучишься.

«Большая просьба, не забывайте рассылать интересную информацию о питании. Очень понравилось о суперфудах. Вы нигде не рассказываете, как и чем почистить организм, да, есть в книгах некоторые отдельные рекомендации... но очень обрадуете, если выделите этому больше внимания. В интернете много всего, например, кишечник кто-то рекомендует чистить мочой, кто-то содой и перекисью, кто-то гидроколонотерапией... и все вроде авторитетные товарищи...»

Относитесь к подобным товарищам с большой осмотрительностью. Главный принцип: **чтобы очистить организм, нужно его не засорять, он сам себя очистит**. На то имеется книга «чистоПитание».

«Можно ли исправить диабет? Посоветуйте, плиз, я веселая, здоровая, умная, удачливая, но с инсулином.... Можно слезть с иглы в пределах этого воплощения?»

Для того чтобы вселиться в новый, здоровый манекен, необходимо выполнять тридвижение в комплексе: двигать реальность, двигать собой, двигать себя. Двигать реальность — подсвечивать косицей кадр, где я здоровая, красивая, счастливая. Двигать собой — притворяться перед реальностью, что я уже и есть здоровая, красивая, счастливая.

А вот двигать себя означает совершенствовать себя, свой образ жизни, свое физическое тело. Исключить продукты, содержащие **ГМО, синтетические добавки, дрожжи, маргарин.** Перейти на преимущественно живое питание: весь день живое, вечером можно приготовленное. Особое внимание — суперфудам.

Обязательно каждый день пить зеленый коктейль из проростков пшеницы или свежей зелени. Вот сейчас весна, скоро будет крапива, одуванчики. Надо найти место в чистом парке или в лесу, где они растут. Крапива и одуванчики чистят кровь. Потом пойдет ботва морковки, свеклы, редиски — все это обязательно к употреблению, в натуральном виде и в зеленом коктейле. Особенно ценна ботва молодой морковки — снижает сахар и снимает с иглы. Только овощи должны быть органические, а не те, что в супермаркете лежат.

То же самое касается аллергии. О причинах аллергии система вам будет вещать все что угодно, кроме правды. Правда состоит в том, что пандемия аллергии и диабета началась с тех пор, как в продуктах появились **синтетические добавки, ГМО, маргарин, дрожжи.** Раньше случаи аллергии и диабета были единичными. Откажитесь от супермаркетной синтетики, и пройдет у вас аллергия. Косметика и средства гигиены тоже должны быть натуральные, а не ширпотреб, который пользуют невменяемые персонажи. При желании все можно найти.

«Скажите, пожалуйста, вы до сих пор сыроед? Есть какие-либо улучшения/ухудшения вашего здоровья и общего состояния?»

Я стопроцентным сыроедом почти никогда и не был, что и другим советовал, постоянно твердя о том, что это надо делать осторожно и постепенно. Сейчас у меня другие принципы — чистое питание. Если коротко, это живое питание весь день, преимущественно суперфуды, а вечером приготовленная, но чистая пища.

Эффект тот же, что от чисто живого питания, но при этом организм не расслабляется, как при чисто живом, а может спокойно выдерживать атаки техносферы, которых не избежать, поскольку нас повсюду окружает очень токсичная среда. Подробнее — в книге «чистоПитание».

Взгляды на живое питание изменились у многих, кто был на чисто живом. Потому что ни у кого не было опыта, и не у кого было спросить. Вообще, чисто живое питание возможно, если жить далеко от техносферы, на природе, на чистых натуральных продуктах. Но мало у кого есть такая возможность, поэтому многие перешли на смешанное питание, чтобы как-то вписываться в техносферу.

«Как задавать свой манекен, если у меня цель — восстановить волосы. Насколько я поняла, нужно задавать косицей состояние нового манекена, а затем подмечать мыслемаркеры, но у меня получается на данный момент, что я задаю, а вместо положительных сдвигов вижу только бесконечное выпадение и поредение, настроение портится».

Задавать цель мало. Нужно выполнять **тридвижение в комплексе:** двигать реальность, двигать собой, двигать себя. Последнее в вашем случае — это обратить особое внимание на суперфуды: молоко из пророщенного кунжута, зеленый коктейль из ростков пшеницы и проростков люцерны. Книга «чистоПитание».

«Можно ли с помощью „задания своего манекена" остановить облысение и вообще выправить свое здоровье, а то так тревожно за себя».

Можно, но не одним лишь заданием манекена. Как сказано в книге, необходимо **двигать себя,** заниматься саморазвитием, в первую очередь физическим. Остановить облысение возможно только на чистом питании, отдавая преимущество суперфудам, росткам пшеницы, проросткам различных семян, особенно семян черного или коричневого кунжута. Обязательно пить кунжутное молоко и зеленый коктейль из ростков пшеницы.

Конечно, может быть, все это неохота, а хочется вот так просто, задать свой манекен — и счастливо наблюдать за изменениями. Однако все не так просто. Физический манекен хоть и поддается заданию, но тормозит еще больше, чем реальность. Так что нужно все в комплексе — и физика, и метафизика. А задавать свой манекен эффективней всего в ванне, как это описано в главе «Косица с потоками».

«Имеет ли право на существование моя цель? Дело в том, что я хочу родить ребенка естественным путем, чтоб роды прошли легко и естественно, как задумано природой? Можно ли составить целевой кадр с родами и применять к этой цели техники ТС и Тафти?»

Заниматься естественными родами, в том смысле что без врачей, не следует. Если бы вы жили в естественных условиях на природе, другое дело. Но в техносфере все иначе, и какие-то ее правила все же следует соблюдать. Нельзя бросаться в крайности.

Нельзя слепо принимать все, что советуют натуропаты. Среди них могут встречаться неадекватные личности с опасными «убеждениями». Соблюдайте во всем меру. Находите золотую середину. Следуйте путем, который имеет сердце. Спрашивайте себя: имеет ли данный путь сердце?

Да, ТС и техники Тафти можно и нужно применять для достижения цели успешных родов. Но немаловажно питаться **чистой пищей**, чтобы очистить организм от токсинов. Тогда и токсикоза при беременности не будет, и ребенок здоровым родится. Токсины очень хорошо выводятся черным тмином и маслом из него. Введите в ежедневный рацион суперфуды и черный тмин.

«Подарила „Тафти" знакомым, как могу популяризирую эти драгоценные знания. Но сделала такой вывод: 95% моих знакомых (люди с образованием) не воспринимают вообще эту информацию, из чего я решила, что эти знания не для всех!»

Совершенно верно, не для всех. Для живых среди живущих.

«Требуется ли мощная энергетика для техник Тафти?»

Не то чтобы мощная, но требуется. **При низком уровне энергетики не будет намерения, а будет только желание.** Поднять энергетику поможет физическая культура и культура питания. Информация — в книге «Апокрифический Трансерфинг».

«Ваши книги великолепны. Получилось переехать в новый дом, хороший. Работаю дома — как и хотела. НО остался один нерешенный вопрос. Болеет сын с семи лет. Заболел три года назад неожиданно, врачи поставить диагноз толком не могут. Можно ли косвенно помочь ему? Например, транслировать у себя картину нормальной жизни, что все вместе ходим в кино, магазины, гуляем на солнце, плескаемся в море, ходим в школу, в гости и т. д. Сейчас наша жизнь — это четыре стены дома и прогулки подальше от людей да переливания крови».

Транслировать намерение, где вы с сыном живете полноценной жизнью, конечно, надо. Но этого недостаточно. Необходимо отказаться от любых продуктов, содержащих синтетику, и питаться только исключительно натуральными. Практически все современные болезни, особенно у детей, от техногенной пищи. **Вооружитесь увеличительным стеклом и читайте состав на этикетках.**

Я давно уж писал о том, что представляют собой синтетические продукты, еще в «Апокрифическом Трансерфинге». Тогда подобную информацию многие встретили в штыки, мол это к Трансерфингу не относится, да и вообще на эту тему не стоит заморачиваться, а есть себе всласть, что угодно, и всласть Трансерфингом заниматься.

Но как можно заниматься с испорченным здоровьем? Или заниматься и одновременно себе здоровье портить? Не понимаю.

А вот недавно читаю, даже системная организация признала (неужели?) вред, например, маргарина (гидрогенизированного растительного масла).

«По утверждению Росконтроля, жидкие масла, подвергшиеся гидрогенизации, приводят к атеросклерозу и многократно повышают риск развития ишемической болезни сердца и возникновения инфарктов и инсультов».

Кто-то может возразить: но я не ем маргарин. И ошибается. Если вы не намазываете хлеб маргарином или не наворачиваете ложкой ГМО-сою, это вовсе не значит, что данных ингредиентов нет в вашем рационе. Маргарин присутствует, за редким исключением, во всей выпечке и кондитерских изделиях. А ГМО-соя входит в очень многие мясные и молочные продукты, а также соусы и прочее-прочее.

/ Но никто не пишет на этикетках: вредит вашему здоровью. Потому что все, что касается потребительских товаров и информации о них, пропитано лицемерием. /

Лукавый телевизор в этом ключе недавно по центральному каналу заявил: маргарин вреден, а пальмовое масло зато безвредно. Понятно вам? Это как ханжеская и двуликая реклама безалкогольного пива.

/ Можно задать наивный вопрос? Какой смысл в безалкогольном пиве? /

Еще раз: **вооружитесь увеличительным стеклом и читайте состав на этикетках.**

/ Может быть, кто-то обратил внимание на мимолетную деталь в последнем фильме Стивена Спилберга «Первому игроку приготовиться»? Боец сопротивления, крутой ирландец, приходит домой с пакетом морковки с зеленой ботвой и говорит: «Вот, еще и бездрожжевой хлеб достал». Там еще специально звук приглушен, чтоб не обратили внимания те, кому не надо.

Деталь может показаться странной, но не для тех, кто понимает толк в бездрожжевом хлебе и ботве морковки и знает, зачем они и почему. Спилберг уж точно знает, поскольку является приверженцем натурального питания. Информация в книге «чистоПитание». /

«Откуда в моем теле слабость и заторможенность ума. Как будто мозг мой пеленой окутан?»

Могут быть разные причины. Может быть, от токсинов. Откажитесь от пищи, которая содержит маргарин, дрожжи и прочие химические и синтетические добавки. Может зависеть от места, в котором живете. Нет ли там каких-либо аномалий, патологий? Может быть все что угодно: химическое загрязнение, радиация, электромагнитное излучение. Обратите внимание, нет ли в непосредственной близости от вашего жилья какой-нибудь антенны. Wi-Fi в доме, особенно во время сна, — тоже очень скверная штука.

«При переходе на сыроедение у меня возникли очень неприятные явления — были панические атаки, головокружение. Что бы вы могли порекомендовать для облегчения или вообще удаления этих симптомов?»

Это признаки очищения организма — он принимается разгребать свои завалы, и токсины выбрасываются в кровь. То же самое наблюдается, когда бросаешь пить или курить. Начинать нужно не с сыроедения, а с чистоПитания, принципы которого изложены в одноименной книге. И все — постепенно и в меру.

«Сейчас постепенно перехожу на живое питание. Чувствую себя намного лучше и бодрее. Пью только чистую воду и, к сожалению, кофе с молоком. Прямо понимаю, что зависимость какая-то. От кофемашины».

Кофе с машины — мертвое, и пользы в нем мало, больше вреда. Кофе надо покупать в зернах, качественное, молоть в самый мелкий помол и заваривать кипятком во френч-прессе. 10 минут настоится, потом поршень потрогать, чтоб осадок выпал на дно. Я сам так делаю раз в день каждое утро. И вреда никакого не ощущаю, и зависимости нет. А молоко здесь вообще не нужно. Лучше мед.

«У меня такая проблема, мне 28 лет, замужем 2,5 года, а забеременеть не могу. Уже полгода пью

таблетки. Как с помощью Трансерфинга забеременеть, если это возможно вообще?»

Техника Тафти проговаривания мыслеформ в ванной, а также «чистоПитание», без таблеток. Места силы соответствующие, помогающие, посетите.

«Какую картинку представить в работе с косицей, если хочется улучшить работу сердечно-сосудистой системы?»

Это лучше делать в ванне, проговаривая мыслеформы, по технике Тафти.

«Вы в рассылках пару раз писали, что у вас на живом питании выросли новые зубы. Это правда или вы написали это ради красного словца? Известны ли вам (лично) другие люди, у которых бы тоже вырастали новые зубы? Может, кто-то из подписчиков вам писал о подобных же результатах живого питания у себя? Я ведь поверила и думала, что и у меня вырастут новые зубы... На сыроедение я перешла в 2009 году. Питалась (и сейчас продолжаю), как я сейчас уже понимаю, „правильно, но неполноценно", поскольку живу в Москве, сада-огорода не имею, тем более в экологически чистом месте, фрукты и овощи покупаю в основном в обычных магазинах, дышу гадостью. Положительные изменения, конечно, есть, но гораздо меньше, чем ожидалось. Зубы не выросли. Я и со стаканом воды работала, и мыслеформу крутила, и стихи писала о том, как у меня вырастают новые зубы... Не сработало. Наоборот, после нескольких лет сыроедения зубы стали стремительно разрушаться — кариес их буквально „выкашивал". Чувствую себя обманутой — и новых зубов

„не дали", и старые „отобрали". Как же так?.. Все-таки могут ли у человека вырасти новые зубы или нет?»

Могут. Тому множество примеров, поищите в интернете. У меня выросли. Но я не фанател от сыроедения, а питался полноценно, уделяя особое внимание суперфудам. А если вы питаетесь фруктами-овощами, так от них мало толку. Не то что новые не вырастут — старые выпадут. Мой вид питания — это «чистоПитание» (книга такая). Плюс я использую технику Тафти в ванной, проговаривая мыслеформы с косицей. Вода заряжается информацией, эта информация записывается в ваше биополе, и ваш манекен обновляется.

«Есть одна проблема. У меня последние годы очень остро стоит вопрос с едой.

Я постоянно переедаю и толстею, мне жутко плохо, но я все равно переедаю. Кстати, я сыроед, но так было всегда — и на обычной пище. Что это — мой сценарий? Сценарий постоянного бесконтрольного поедания и ожирения? Как мне переключиться на другой сценарий? Осознанность не помогает. Утром я полна сил и решимости все изменить, но ближе к вечеру все заново рушится».

Скорей всего, вы питаетесь бессистемно и неполноценно, поэтому организму вечно чего-то не хватает. Начните питаться системно и полноценно, уделяя особое внимание суперфудам. За основу можно взять книгу «чистоПитание».

«Вот моя история.
Узнал и начал понемногу применять Трансерфинг два года назад. Сперва был окрылен от информации, которую получал, нашел много ответов для бывших

жизненных ситуаций. Нарисовал себе жизнь, которую хочу видеть, и стал «ждать», думая, что, слегка напрягшись, жизнь моя кардинально изменится.

Не менялась, а только становилась хуже... больше читал Трансерфинг, больше думал, а жизнь снова катилась совершенно не в ту сторону... Меня это невыносимо раздражало, и я уверял себя, что Трансерфинг — это очередной лохотрон. Но продолжал изучать и применять новые дополнительные техники Трансерфинга. А жизнь все больше разваливалась на куски... В общем, о своих мытарствах и страданиях хватит.

Теперь по факту того, что я сделал и продолжаю делать и к чему это привело и, собственно, дальше ведет: 1) знаю цель, куда иду, периодически прокручиваю свое кино; 2) 6 месяцев назад полностью убрал из рациона питания животные продукты, синтетику, сахар, муку; 3) постоянно вижу (специально) только хорошее, пропуская мимо весь негатив; 4) пью только живую воду, больше ничего; 5) на телефоне приложение „Проектор отдельной реальности" напоминает мне ежедневно о различных сферах моей жизни (идеальная картинка моей жизни); 6) каждый день утром и перед сном веду дневник (пишу, что из себя представляет моя жизнь); 7) утром и перед сном практикую технику „стакан воды"; 8) каждый день утро начинается с комплекса упражнений „око возрождения"; 9) задаю реальность с помощью косицы намерения. Это все. Может показаться, что это много, но это не так — только на первый взгляд.

Теперь к чему это привело: 1) я начал чувствовать, что жизнь как бы идет по моим правилам — непередаваемое ощущение; 2) постепенно все налаживается и вырисовывается совершенно другая картинка реальности; 3) различные мелочи вообще всегда безоговорочно получаются так, как я себе задал, даже когда забываю об этом; 4) глобальные цели начинают достигаться — вижу конкретные пути в жизни и, идя по ним, все получается так, чтобы привести меня к моей идеальной жизни.

Нет, это не магия, и это не произошло по моему хотению здесь и сейчас. Да, это каждодневный труд: без лени, без увиливаний, без жаления себя и потворства слабостям. Но это работает безусловно и безоговорочно! И да, нужно терпение и много терпения в те моменты, когда ты не видишь результатов».

Я много раз предупреждал, и Тафти предупреждала, что, как только вы начинаете заниматься Трансерфингом, то есть управлять своей жизнью и двигаться к определенной цели, в жизни начинают происходить изменения, которые могут казаться такими, будто все рушится.

Но это совсем не так. Раньше вы просто плыли по течению, а теперь взялись управлять курсом своего движения. Это далеко не всегда проходит гладко. Вам нужно пройти через какие-то «речные пороги», прежде чем вы войдете в спокойное русло. Именно так в вашей жизни и произошло.

Вашей ошибкой было считать, что вы знаете, по какому сценарию должны развиваться события, чтобы доставить вас к цели. Вы этого знать никак не можете. Ваше дело — повторяю в который раз — держать вектор намерения на цель.

Конечно, вы идете сильным путем. Не у каждого хватит намерения и терпения досконально во всем следовать принципам Трансерфинга. Но и здесь не надо перегибать палку. Не стоит себя излишне насиловать. Приотпустите себя. Жизнь, как прогулка на яхте, должна быть в удовольствие, а не в тягость.

В частности, я бы не советовал полностью отказываться от животной пищи. Чистое веганство при неграмотном подходе принесет скорее вред, чем пользу. Тем более что экологически чистые и, главное, **дозрелые** овощи и фрукты доступны только далеко от цивилизации. Недозрелые и выращенные с использованием химических технологий растения не пойдут на пользу. Почитайте книгу «чистоПитание».

«Ваши книги изменили всю мою жизнь! Но никак не могу избавиться от еды перед сном. Причем ем перед сном либо что-то приготовленное, либо синтетику!! Уже пять лет утром пару стаканов воды, в обед зеленый коктейль или фрукты, на ужин проростки или что-то из книги „чистоПитание". Сам себе давлю льняное масло и делаю хлеб по „кЛИБЕ". То есть питаюсь довольно-таки полноценно и полезно. Но вечером, если не поем какой-то дряни, прям аж жизнь какая-то плохая становится!! Если не поем вечером несколько дней, энергия так прет, как будто крылья вырастают!! Но это случается крайне редко. Знаю, что у многих такая же ситуация, но они и днем питаются, как и все, и вообще такой проблемой не заморачиваются! Для своего возраста (43 года) я и так хорошо себя чувствую и выгляжу по сравнению с другими, но очень жалко спускать столько энергии в никуда!»

Я сам весь день ем живую пищу, а вечером что-нибудь приготовленное, но **чистое**, по книге «чистоПитание». Никакого спада тонуса и энергетики. В условиях техногенной системы эффект от такого питания намного превосходит чистое сыроедение. Главное, чтобы еда была чистой.

«Прочитал Вашу статью о пользе контрастного душа, и у меня возник вопрос. Схоже ли будет воз-

действие на организм, если после нахождения в сауне либо после парилки встать на 30—60 секунд под холодный душ? Какие еще есть аналоги контрастного душа, так как у меня дома газовая колонка и нет возможности резко менять температуру воды?»

После сауны можно обливаться заготовленной холодной водой или душем, чередуя по нескольку раз.

«С большим воодушевлением прочитал „Тафти жрицу", аж два раза. Читал и попутно делал все, что там написано. Делал это каждый день. Были определенные подвижки. Реальность начала меняться в лучшую сторону. Жизнь в праздник превращалась. Но вдруг, в один не прекрасный день, внутри что-то отвалилось и напала на меня огромная апатия. Не хочется ничего делать: ни задавать реальность, ни двигать собой — вообще ничего. Пытаюсь, как раньше, в осознанном состоянии представить кадры интересующей меня жизни, но очень туго идет, бывает, и засыпаю в этих кадрах. Или просто тупо не хочется этого делать. Что произошло?»

Апатия и депрессивные состояния — это болезнь века. Очень многие этим страдают. Кто-то пытается лечиться медикаментами, что-то предпринимать, а кто-то продолжает пребывать в таком состоянии.

Это связано со множеством факторов. Техногенная пища, плохая экология, радиостанции повсюду, повсюду радиоизлучение, от смартфонов до Wi-Fi, жизнь в каменных джунглях, а также изменение ритмов Земли, которые в последнее время участились и к которым человек не успевает приспосабливаться.

Лично я спасаюсь от техносферы так. Стараюсь бывать на природе, заниматься активными видами отдыха и физической культурой. Питаюсь только натуральной пищей по принципам «чистоПитание». Использую различные КФС (если не знаете, что это такое, информации много в интернете).

Еще, если нет цели и в жизни полная беспросветность и безнадежность, надо все-таки через силу, но начать идти по пути саморазвития, как советует Тафти. Вы можете не знать своей миссии, но искра Создателя, которая тлеет внутри вас, знает. Ее надо разжечь. Саморазвитие хоть в чем-то, но постоянно.

«Прочла книгу „Естественное лечение кариеса. Реминерализация и восстановление зубов при помощи питания". Там говорится об опасности употребления в пищу цельных зерновых и бобовых (в том числе пророщенных), так как в них находится фитиновая кислота и другие токсины, препятствующие усвоению организмом минералов. Это приводит к ослаблению зубов и поражению их кариесом.

К тому же многие перешедшие на сыроедение с употреблением пророщенных зерен и фруктов жалуются на разрушение зубов. Я ем пророщенную пшеницу, а также чечевицу и бобы (бобовые мне очень нравятся) и тоже начали беспокоить зубы. Теперь даже не знаю, что делать».

Ну, во-первых, первое утверждение весьма сомнительно. У лошадей почему-то зубы не выпадают. Во-вторых, у сыроедов зубы портятся из-за неполноценного питания. Питание в основном сырыми фруктами и овощами не дает всего необходимого, что нужно организму. Следует не увлекаться чистым сыроедением, а уделять главное внимание суперфудам (особенно хлорелла, спирулина) и натуральным продуктам.

А пророщенные бобовые в сыром виде употреблять нежелательно, в них присутствуют ингибиторы, которые нейтрализуются только тепловой обработкой. Подробнее — в книге «чистоПитание».

* * *

Успехи читателей

Олег Сарновський

«Хочу написать о недавнем результате. Всегда регулярно задавал и задаю реальность, где я — модель мирового класса, что у меня много заказов и т. д. Тут увидел кастинг на рекламу мюсли. Отправил заявку, меня отобрали. За день до съемки и когда ехал на съемку задавал реальность, что я гениально делаю свою работу. В итоге я был на высоте (хотя опыта у меня очень мало), познакомился с очень хорошим фотографом, который еще сделал отдельно фото для меня. Познакомился с красивой девушкой (всегда задаю реальность, где у меня есть вторая половинка). После фотосессии заказчики благодарили и спрашивали, не снимался я ли раньше. Вот так вот».

Ольга Авдонина

«За время преображения своего манекена я прошла пешком 300 км (отслеживала на шагомере), сбросила с себя 7 кг, начала изучать английский, каждый день Кундалини Йога (10 лет собиралась начать), выписала все алгоритмы из учебника и выучила их наизусть. В результате моей подсветки моя первая большая мечта реализовалась (первая на пути к конечному слайду, но очень весомая в денежном эквиваленте)».

Аля Счастливая

«Два дня назад надо было мне покрасить волосы, задала кадр, что уже все сделано, мои волосы окрашены, а как это произойдет — не важно. И вот с утра подруга пришла ко мне и попросила ее покрасить, и еще мне сама она краску купила. Вот сидим обе крашеные. Вот и метасила сработала».

РАЗНОЕ

«Великие Учителя, например, всегда корректны. Они учат такту и помогают раскрыть аспекты Любви в человеке. Даже экстренные силовые меры (и соответствующие объяснения по ним) у них всегда „в рамках". Их шутки не ранят (ибо учитывается уровень сознаний). Это ли не пример для людей? Чистота и честь, творящая, активная Любовь... Они все разные, конечно, как и Пути к Истине — Лучи, Учителями которых они являются; все — таланты, гении, харизматичные и сильные, высокие (во всех смыслах) люди... Не возьмут ли манеру обращения с собеседником (читателями, учениками, детьми) Тафти себе за пример те, кто не понял самой сути ее подачи и причин ее? Тогда число обидок вырастет и новые клубочки карм зародятся, возможно... Вытащив „нос" — не застрянет ли еще сильнее „хвост"? У тех, кто пока не увидел „хвоста" своего?»

Вы слишком сложно рассуждаете. Истина — в простоте. То, что «Великие учителя» такие уж паиньки —

выдуманная идеализация. Бывают и жесткие, с манерами пожестче, чем у Тафти. Зачем? Чтобы сбить спесь или умерить чувство собственной важности у учеников.

Возьмут манеру Тафти? Тоже идеализация. Не придавайте значения вещам незначительным. Специфику обращения Тафти к своим «улиткам» можно рассматривать как способ их пробуждения либо как фильтр для тех, кому это знание не по зубам — они отсеются, не выдержав такого к себе обращения.

«Почему на Ютубе закрыли канал „Вадим Зеланд"?

Вероятно, по причине нарушения авторских прав. Вы думаете, если там стоит мое имя, значит это мой канал? Вовсе даже нет. Они там выкладывали аудиокниги с озвучкой М. Черняка. Это и есть нарушение авторских прав, как издательства, так и Михаила, не говоря уж обо мне. А в последнее время еще и деньги начали собирать за то, что им не принадлежит.

В который раз повторяю, я не создавал ни одного аккаунта под именем «Вадим Зеланд» ни на одном ресурсе — **нигде**. И если вы видите, что кто-то где-то вещает вам что-то от моего имени, можете быть уверены, что я не имею к этому никакого отношения. Единственное, к чему я имею отношение, это Тафти и Трансерфинг Центр.

Вот все наши ресурсы:
http://zelands.ru (Авторский сайт).
https://tserf.ru (Сайт ТЦ, там же указаны контакты и адреса в сетях).
Канал «Трансерфинг Центр» на YouTube
И **Тафти в сетях**:
https://www.instagram.com/tufti.itfut

https://vk.com/tufti.itfut
https://www.facebook.com/tufti.itfut
Сайт Тафти: http://tufti.ru
Канал «Тафти Итфат» на YouTube

Эти и только эти ресурсы, других нет. Например, если вы видите аккаунты Тафти в Telegram или еще где-нибудь, то это не ее аккаунты. Если появятся официальные, об этом будет объявлено.

«Если обе книги (ТС и Тафти) вы channeled, not wrote (не написали, а «приняли»), то почему Тафти пришла после ТС, а не наоборот? Вопрос глупый, ведь вам идет информация, и вы, наверное, не выбираете, что ченеллить. Но все же. На мой взгляд, Тафти НАМНОГО понятнее, концентрированнее, короче ТС, и отсюда легче для восприятия. С другой стороны, ТС это больше теория, а Тафти — чистая практика».

Нет, на самом деле Трансерфинг понятнее, чем техники Тафти, и по восприятию, и по исполнению, поэтому Тафти пришла вслед за Трансерфингом, а не первой. Это вам после Трансерфинга кажется, что Тафти понятнее и легче.

«Можете написать перечень всех ваших книг и в какой последовательности их читать?»

Сначала «Трансерфинг реальности 1–5 ступени», остальные произвольно, как хотите. Информация обо всех книгах есть на авторском сайте zelands.ru

«Мне и в голову не приходило, что мы все могли бы оставлять свои отзывы и лайки на сайтах. Разумеется, в ближайшие дни буду этим заниматься. Я уверена, что людей, которые любят вас, дорожат вами, благодарны вам, в разы больше, просто нам никто не дает заданий, просто у нас еще нет понимания того, что нужно защищать эти необходимые нам для жизни Знания от Системы».

Это по поводу того, о чем говорилось в выпуске «Пикантные подробности». Совершенно верно, свое Знание нужно защищать. А Знание Тафти-Итфат нуждается в особой защите, потому что ведет к пробуждению.

Система не ожидала, что пробуждение современного человека может происходить в буквальном смысле, да еще настолько просто и эффективно. Техногенной системе это очень невыгодно. Системе, наоборот, требуется, чтобы вы пребывали в глубоком сне, чтобы исправно служили ей. **Система будет стараться всячески затереть, замолчать, дискредитировать это Знание.**

Именно поэтому надо защищать свое Знание. В какой форме? Вот вы пишете такие пространные письма благодарности, а лучше бы оставили отзывы по книгам Тафти-Итфат в интернет-магазинах, где их приобретаете. Будет больше толку. И жрица ваша будет под вашей защитой.

Распространять свое Знание тоже нужно, не нужно только вступать в битву. Вы можете поделиться своими успехами в сетях или при живом общении, и тем самым будете способствовать укреплению позиций Знания. Люди, которые не знали о Знании, будут вам благодарны. Не стоит лишь кому-то что-то доказывать и с кем-то спорить. Это бессмысленно.

«Может ли быть так, что те, кто нам снится, — тоже спящие прямо сейчас люди, и в какой-то момент наши сущности пересеклись? А ответить на вопрос, кто они, они смогут?»

Конечно, в сновидении вы можете встретиться с манекенами спящих в это время людей. По внешнему виду, если манекен выглядит как нормальный человек, этого не определишь. Сможет ли ответить на вопрос, не знаю, не встречался со спящими и не проверял.

«Нашего осознания кто-то ожидает или мы предоставлены сами себе... без умысла?»

Мое мнение, за нами никто не приглядывает, и да, мы предоставлены сами себе.

«Вы говорите, что в пространстве вариантов есть абсолютно любой сценарий. Я задалась вопросом: в глобальном плане, например, я меняю киноленту на такую, где я живу в справедливом мире. И так будет? Или если я вдруг захочу подсвечивать кадр, где живу в мире, который захватили монстры-инопланетяне, тоже так и будет?»

Вам подвластна лишь ваша отдельная реальность. Общая реальность может меняться только под воздействием подавляющего большинства людей. Однако подавляющее большинство спит, поэтому реальность разворачивается самопроизвольно, как река течет.

«В чем разница между заданием отражения, образа и реальности? Запутался совсем. Очень сложно воспринимаю эту книгу. Она действительно словно из другого источника, нежели первые книги о Трансерфинге».

Если не понимаете содержания книги, значит, какой-то блок у вас. Займитесь сначала своей энергетикой и косицей, займитесь практикой, по алгоритмам. Понимание придет позже. Читайте книгу не как учебник по высшей математике, а как занимательную литературу. Потом читайте повторно. Не напрягайте ум, а просто следите за ходом изложенных мыслей.

Если же следить не удается, не удается сосредоточиться, значит, ваш ум и внимание чем-то сильно перегружены. **Ограничьте поток внешней информации,** отбросьте излишние источники информации, поменьше сидите в интернете и сетях, не перегружайте себя ненужной информацией, не тратьте время зря, **меньше думайте, больше делайте.** Практики больше. Лучше почитайте для начала книгу «Взлом техногенной системы». Многое для вас прояснится.

«Всегда хотел спросить, вы вообще реальный, существующий?! Все в один голос говорят, что вы — это группа людей, которые преследуют свои интересы».

А как мне вам ответить или, точнее, доказать? Если я — группа людей, то они (в своих интересах) ответят точно так же, как ответил бы один человек.

«Кто пишет и отвечает за Тафти в соцсетях?»

Пишет и отвечает **сама Тафти через посредство своего аватара.** Аватар Тафти, как было заявлено, — Татьяна Самарина. Если хотите встретиться с живым воплощением Тафти, записывайтесь на занятия в Трансерфинг Центре https://tserf.ru.

«Так ли уж важно просыпаться во сне? У меня не получается, там меня захватывает круговорот событий, часто неприятные события. Но зато наяву я тренирую все активаторы, и по мелочам все получается, я хозяйка своего мира».

Если вам не даются осознанные сновидения, значит, вам это не нужно. Вообще-то, во сне лучше отдыхать, как это происходит естественным образом. Гораздо важнее уметь просыпаться наяву. Чтобы было не только «по мелочам», надо тренировать косицу на мелочах, а со значимыми и труднодостижимыми целями работать терпеливо, систематически.

«Есть ли какой-нибудь способ экстренного выправления реальности?»

Опять же, проснуться и настойчиво искать Пользу. Намеренно транслировать Ладу. Не преувеличивать значимость ситуации. Что бы ни случилось — все к лучшему. Это не оптимизм, а намеренное задание такой реальности. Не забывайте, что это вам решать, к лучшему все будет или нет. Всегда помните о том, что у вас есть возможность намеренно задать исход — к лучшему.

«Имеет ли смысл использовать амальгаму, если есть принцип пользы?»

Это разные вещи. Амальгама — это трансляция вашего отношения к миру и отношения мира к вам, которую вы поддерживаете постоянно. Что транслируете, то в реальности и получаете. Польза — это разовая «операция», которую вы выполняете в определенной ситуации. Можно при желании использовать и то и другое.

«У меня вопрос по поводу замены техники „двух блокнотов" на технику Тафти. Если я в течение дня «буду по 10 (или более) раз просыпаться, входить в точку осознания, активизировать косицу и представлять картину будущего, можно ли мне не вести записи блокнота?»

Если вы достаточно дисциплинированы, можно обойтись без блокнотов. Тогда мыслеформами или визуальными картинами вы задаете реальность, а мыслемаркерами закрепляете подвижки. С косицей, конечно. Если же вам не удается работать с косицей регулярно, системно, тогда помогайте себе блокнотами — в одном пишите декларации намерений, в другом констатации подвижек.

«Некоторые предметы (или очень похожие на них) из нашего слайда, полностью выдуманные, иногда попадаются на глаза. Но, к сожалению, у нас нет даже промежуточных результатов в решении нашей задачи. Наверно, где-то мы совершаем ошибку?»

Вопрос сформулирован так, что ответа в себе не содержит. Откуда же я его возьму? С потолка? Если цель долгосрочная или труднодостижимая, требуется систематически, неуклонно задавать целевой кадр, по алгоритму. Результаты могут прийти не сразу, но они придут. Следите за тем, какие открываются двери.

«Такой вопрос: планета существует около 5 миллиардов лет! А человек — около 4–5 миллионов лет (по данным ученых). Неужели все те техники, которые вы даете, все это время существовали, а только лишь сейчас стали явными, помимо Кастанеды и т. д.? Я про то, что неужели 5 МИЛЛИОНОВ лет… никто не смог это обуздать и прояснить, но люди все это время жили и успешно развивались и существовали? Как же все эти 5 миллионов лет люди жили?»

Вы считаете, успешно? А я считаю, что наша цивилизация с ее начала продвинулась только в техногенном плане, в остальном — на уровне пещерного человека. Все те же войны, и беспробудное невежество, и дремучесть. Между тем цивилизаций было много, и они тоже развивались по разным путям, а потом деградировали. Вот вы можете сейчас использовать техники Тафти, а потом их забросить, и опять деградировать, и жить, как рыбка в аквариуме, вместо того чтобы задавать реальность.

«Насколько я понял, сновидение — это такое же реальное пространство, как и наш материальный мир, и в нем хранится все, что было, есть и могло бы быть. Если научиться контролировать себя во сне, можно ли перемещаться по прошлому и видеть действительно происходящие когда-то события?»

Может быть так, а может и нет. Вариативных кинолент прошлого и будущего — бесконечное множество. Очень маловероятно, что вы попадете именно на ту киноленту, которая была или будет реализована.

«Стал применять техники Тафти на мелочах. И они действительно стали осуществляться! Проверял именно на тех ситуациях, где невозможно было предсказать результат. На более серьезных вещах пока не работает».

Все работает, только терпения и времени нужно больше. А что же вы хотели, один раз махнули косицей, как волшебной палочкой, и тут же вам все, как по волшебству, свершилось? Волшебства никакого нет. Есть систематическая работа с намерением и последовательное перемещение по кинолентам все ближе и ближе к цели. До цели еще «доехать» надо, сразу туда не скакнешь.

«У меня вопрос по пространству сновидений, это наши фантазии в виде архива с кинолентами, где хранится все, что было, будет и могло бы быть. И во сне мы просматриваем одну из таких кинолент. А мне сны практически не снятся, а если снятся, то я их не запоминаю. Может, есть какая-то практика, чтобы сны снились, или, если они не снятся, это не критично и без них можно обойтись?»

Сны снятся всегда, просто не все их помнят, и в этом нет ничего ненормального. И сны — это не наши фантазии, это другая реальность. Если хотите их видеть более яркими, запоминающимися, принимайте гинкго-билобу. Чай из листьев или экстракт в таблетках/капсулах. Это растение улучшает кровоснабжение мозга.

«У меня такой вопрос: в Трансерфинге задавать будущую реальность нужно в единстве души и разума. А в ситуации с косицей, можно ли задавать и то, что хочет только разум, но все равно для души? Нужно ли прислушиваться к душе, или можно работать с косицей, руководствуясь только разумом?»

Единство души и разума никто не отменял. Задавать следует только то, что реально осуществимо и к чему лежит ваша душа. Нельзя существовать порознь душой и разумом. Будет разлад.

«Есть вопросы насчет связи старых техник и новых. Теперь мыслеформы и констатации в проекторе отдельной реальности лучше писать, держа часть внимания на косице? И проговаривать их в мыслях тоже лучше с косицей по алгоритму подсветки кадра? Заменяют ли польза и следование технику амальгамы или имеет смысл использовать все вместе».

Проектор создан для приведения ваших мыслей и желаний в порядок. Когда вы пишете, лучше держать внимание на том, что вы пишете. А когда для себя все четко сформулировали, мыслеформы и констатации подвижек выполняйте отдельно, вместе с косицей.

Техники амальгамы, пользы и следования можно и нужно использовать вместе, в комплексе, если это вам не в тягость. Но если в тягость, используйте только техники Тафти, все равно будет работать как положено.

«Использую почти все ваши практики (косицу, слайды, стакан воды, генератор). Да, намерения реализуются, но очень медленно (от одного месяца до нескольких лет). Почему-то мне не удается увеличить скорость реализации. Мелкие цели реализуются быстро, крупные долго и часто не так, как я хотел. Возможно, мир дает мне подготовиться к переменам, но хотелось все-таки быстрее. Энергетику повышать нужно? Важность понизить? Что еще нужно и можно попробовать для скорости реализации целей и намерений?

Смотря какие у вас намерения. Если долгосрочные и труднодостижимые, то потребуется систематическая работа и время. Вопрос еще в том, ваши ли это цели, и в свои ли двери входите. Тут я заочно определить не смогу — только вы сами. И вам самим необходимо следить за своей важностью, развивать энергетику или хотя бы заниматься физической культурой. Но главное — наблюдать за реальностью, не пропустить возможности (двери), которые она вам предлагает.

«Скажите, а возможно ли с помощью косицы стать экстрасенсом, целителем, приобрести сверхъестественные способности? У меня мечта быть целителем, ясновидящим, экстрасенсом... могу ли я приобрести способности, выполняя техники?»

С косицей все возможно. Только необходимо не просто задавать себе такие способности, но и заниматься реальными упражнениями, практиками. При определенной настойчивости и целеустремленности всего достигнете.

«При мыслях о своей текущей цели у меня в груди что-то происходит, это и есть моя душа? Это и есть единство души и разума?»

Единство души и разума — это не физическое ощущение, а чувство полноты, неразделенности, нераздвоенности, уверенности, когда вы и разумом, и сердцем принимаете свою цель. Когда вы в ладах сами с собой, когда чувствуете, что поступаете правильно, в соответствии со своим кредо.

«В книге есть фраза: „жизнь — это сон, смерть — пробуждение". То, что наша жизнь сон, понятно, а вот в чем и как проявляется пробуждение после смерти?»

В чем и как проявится пробуждение после смерти, мы узнаем только после смерти, когда душа отделится от тела. Потом душа войдет в другое тело, другую жизнь, другой сон, а момент пробуждения — что там было, между жизнями — забудет. Во всяком случае, у всех обычных людей так происходит.

«Такой вопрос: вот вы говорите, что все живут по сценарию, получается, все предопределено (как похоже на карму), и сами же говорите: хотите верить в карму (сценарий), будет вам карма... Но получается, что мы можем не верить в сценарий, но он все равно будет случаться, как так?»

Карма и сценарий на текущей киноленте — это не одно и то же. Когда говорилось «хотите карму — будет вам карма», имелось в виду что карма — это некое «наказание» за грехи в прошлых жизнях. Если вы носите такую мысль в себе, так дождетесь, будут вам наказания. Я, например, не верю ни в какую такую карму.

«Как осуществляется переход с одного сценария на другой? Что конкретно влияет на этот переход: ежедневный выбор, который нам предоставляет жизнь, или сила внешнего намерения нас несет к нашей цели, или что-то другое?»

Переход осуществляется не выбором, который «предоставляет жизнь», а вашим личным выбором в той или иной ситуации. Если вы реагируете негативно, вас переносит на еще более негативные киноленты. И наоборот, чем более оптимистично вы настроены, тем легче становится ваша жизнь.

Выбор происходит в момент, когда с вами что-то происходит, вы на мгновенье просыпаетесь, осознаете ситуацию и выражаете отношение. Это единственное мгновенье, когда вы принимаете осознанное решение на развилке. Все остальное время вы спите и плывете по сценарию.

Но осознанное решение или отношение — далеко не всегда правильны. Трансерфинг и практики Тафти учат вас намеренно просыпаться, намеренно выражать позитивное отношение и намеренно задавать реальность, то есть управлять своим выбором, задавать свой выбор.

«После прочтения книги „Тафти жрица" у меня родилась идея о том, что все мы живем в бесконечном количестве вселенных и что жизнь каждого человека есть не что иное, как история его внимания и памяти. Вы бы хотели обсудить эту тему?»

Тема очень сложная, и обсуждать ее бессмысленно, поскольку у нас недостаточно информации об устройстве реальности.

«Можно ли убедить свою душу полюбить что-то, еще сильнее, чем есть сейчас? Например — у меня есть любимое дело (или девушка), если я буду говорить — Моя душа очень любит мое дело! В Трансерфинге написано, что душу убеждать в чем-либо бесполезно, так как она не рассуждает, а знает! Значит, все-таки невозможно?»

Говорить своей душе что-то (если умеете) или в чем-то убеждать ее бесполезно. Заставить ее любить нельзя. Как нельзя заставить одного человека любить другого. Но душа полюбит сама то, во что вы ее вкладываете. Мы любим тех, о ком заботимся. Любовь нужно поддерживать, как огонь очага. И дело надо делать с душой, со старанием, тогда будет и легче, и душа проникнется к этому делу. Притвориться сначала, что это дело вам нравится и доставляет удовольствие, а когда вложитесь в него, дело вам действительно полюбится.

«Всегда был интересен вопрос задания реальности на победу любимой команды. Ведь в матче играют две команды, и разные болельщики задают разную реальность. Так кто из них победит — кто лучше ее задаст?»

Задать чужую победу невозможно. Вы можете задать только свою. И команда тоже может задать только свою победу.

«Что значит „объективная реальность"? Кто ее создал, что она стала объективной? Что значит вообще объективность в этом контексте?»

Мы воспринимаем реальность субъективно, как способны воспринимать. Какая она, объективная реальность, и кто ее создал, никто не знает. Но у нас тут не философский кружок. Иначе, если сказать, что реальность была создана Создателем, последуют детские вопросы. А какой он, Создатель? А кто он такой? А кто создал самого Создателя? Детские вопросы — самые сложные. На них ответа нет.

* * *

Успехи читателей

An Nosik

«Когда я в первый раз решила испытать косицу, была в шоке, потому что не верилось в такие „совпадения". По работе позвонили две клиентки, и решила испытать косицу в ожидании первой клиентки, села и с помощью косицы задала, что она сделает заказ на 20 тысяч, хотя сама над собой посмеялась и забыла про это, так как таких заказов практически не бывает разовых, вот было удивление когда она пришла и сделала заказ на 20 тысяч, подумала, ну, наверное, совпадение...

Но следом ехала вторая клиентка, и тут я решила поиздеваться, сперва задала 10 тысяч заказ, но потом подумала: нет, слишком просто, пусть 15 будет, и четко представила с косицей оплату в 15 тысяч ее заказа. Вот она приехала и сделала заказ на 12 тысяч, я подумала: ну вот, не совпадает; но тут она подумала и добавила еще товар, вышло 15 тысяч.

Это немного напугало сперва, все, как говорится в видео у Тафти. Это при том, что обычные заказы редко превышают 5 тысяч, ведь заказы могли быть 19 и 14, например, или сколько угодно, но вышли именно столько, сколько я задала.

Теперь проблема в том, чтобы научиться этим правильно и спокойно пользоваться, так как первое впечатление сильно сбивает с толку, надо сдерживать эмоции».

Анна Анна

«…„я не свободен". От погоды уж точно зависим.
…как бы не так.

На прогнозе с утра дождь. Надо по делам. И в магазин заскочить.

Взмахнула с утра косицей, представила, что счастливая, с покупками вернулась домой и за окном начал капать дождь.

Зонтик как запасной вариант, чтоб не дергаться, взяла, но туфельки обула на сухую погоду.

…что сказать…

Все именно так, как и представляла!

А в магазине еще и подарок вручили!

Сказать, что счастлива — так не то слово, это такой драйв!

Чудеса продолжаются!

Все работает!»

Вера Славина

«У меня был период, пик ужаса, когда я вообще не понимала, что мне делать, куда дальше двигаться, полная бессмысленность, апатия, еле по квартире передвигалась и понимала, что это все, дальше только заматываться в саван и ползти по направлению к кладбищу. И я уже в отчаянии взяла свои карты Таро и спросила: ну что делать?!

Вытащила второй аркан Верховная жрица, который говорит, что надо слушать себя, свою интуицию... и у меня что-то внутри в этот момент как будто остановилось. После этого на следующий день мне попадается книга Тафти, и тут закрутилось все резко. Неспроста все».

Маша Лебедева

«У меня не было ни работы, ни денег, ни малейшей возможности поехать на море. Я даже мечтать перестала. А потом вдруг снова загорелась и стала притягивать. Обстоятельства сложились так, что родственники поехали на машине, то есть дорога бесплатная. Потом они решили купить палатку, и жилье тоже оказалось бесплатным. Мне нужно было только немного денег на еду. Я до конца не верила, что это не сон».

Alena Horn

«Дорогая Тафти, это шокирует, когда на улице просыпаешься, стоишь и смотришь на все действо, происходящее вокруг тебя. Ощущение, будто ты снимаешь шлем и понимаешь, что ты здесь, а они там, и ты можешь войти уже в другой слой реальности, где все события пойдут уже по другому сценарию, и мне очень нравится осознание того, что я в любой момент, хоть днем, хоть ночью, могу проходить сквозь слои реальности! Благодаря твоим техникам, Великолепная Тафти!»

ЖРИЦА ХЕТПЕТ

«Хотела обратить ваше внимание, что полтора месяца тому назад, когда я только начала читать вашу книгу, в печати прошли публикации о том, что в Египте найдена гробница жрицы Хетпет (Hetpet). Датируют 4400 лет тому назад. В древнеегипетском языке нет гласных, и исследователи не знают, как звучал язык, поэтому добавляют гласные произвольно. Кроме того, в восточных языках звуки „п" и „ф" описываются одной и той же буквой. Так что имя, которое археологи интерпретировали как Hetpet, вполне могло звучать как Итфат».

Как ни странно, данная информация как-то прошла мимо моего внимания. Впрочем, я не особо слежу за подобными новостями. Публикации по этой теме, когда я их поднял, меня озадачили.

В них сообщалось, что в Египте, недалеко от комплекса пирамид в Гизе, археологи обнаружили гробницу возрастом около 4400 лет. Захоронение принадлежало жрице по имени Хетпет, которая жила во времена Пятой династии фараонов.

Богатое убранство гробницы свидетельствует о том, что жрица была высокопоставленной особой, приближенной к царской семье, поэтому ей воздавались высшие почести.

Гробница выполнена из глиняного кирпича, ее стены покрыты красочными росписями. Фрески очень хорошо сохранились. На некоторых картинах изображена сама Хетпет, благословляющая охоту и рыбалку или сидящая за столом, полным подношений. На других можно увидеть людей, занимающихся плавкой металла, изготовлением кожаных изделий или танцующих.

Еще на фресках присутствуют обезьяны. Одни собирают фрукты, другие танцуют перед музыкантами. Египтяне в то время обезьян держали как домашних животных. По всей видимости, та цивилизация жила очень даже неплохо, в изобилии.

Конечно, возникает вопрос, имеет ли найденное захоронение какое-то отношение к нашей жрице Итфат.

Как определили археологи, Хетпет жила около 4400 лет назад и была жрицей храма богини Хатхор. А Итфат, по моим сведениям, была жрицей храма Изиды и жила 3000 лет назад, в 970–911 годах до нашей эры. Данные несовпадения говорят о том, что вряд ли Итфат и Хетпет — одно и то же лицо.

Однако реальность, перетасовывая киноленты, бывает, задним числом меняет исторические факты, о чем упомянуто в главе «Бесконечность в бесконечности» из книги «Тафти жрица». Если меняются даже недавние факты, как в эффекте Манделы, что уж тогда говорить о фактах, которым несколько тысяч лет.

С исторической хронологией тоже не все в порядке. Ученые Фоменко, Носовский и Чудинов весьма убедительно доказали, что официальная хронология во многом ошибочна.

Что касается имени, египтяне произносят его как Хетпет. Причем первая буква произносится с придыханием, так что почти исчезает. Но ведь современный язык сильно отличается древнеегипетского. Ни исследователи, ни сами египтяне понятия не имеют, как говорили в те давние времена.

А еще, что удивительно, мумию жрицы в захоронении не нашли.

Но самым удивительным, пожалуй, является тот факт, что книга «Жрица Итфат» вышла в свет, а гробница Хетпет была найдена **в один и тот же день** — 3 февраля 2018 года. Вот так, вот так! Жрица-жрица! Не случайно все это. Что-то в этом есть.

* * *

Успехи читателей

Главное — то, что внутри
Автор — Андрей Усачев

Дождик лил как из ведра.
Я открыл калитку
И увидел средь двора
Глупую Улитку.

Говорю ей: — Посмотри,
Ты ведь мокнешь в луже.
А она мне изнутри:
– Это ведь снаружи...

А внутри меня весна,
День стоит чудесный! —
Отвечала мне она
Из скорлупки тесной.

Говорю: — Повсюду мрак,
Не спастись от стужи!
А она в ответ: — Пустяк.
Это ведь снаружи...

А внутри меня уют:
Расцветают розы,
Птицы дивные поют
И блестят стрекозы!

— Что ж, сиди сама с собой! —
Я сказал с улыбкой.
И простился со смешной
Глупенькой Улиткой.

Дождь закончился давно.
Солнце — на полмира...
А внутри меня темно,
Холодно и сыро.

ПОДАРОК ТАФТИ

Охота за своей половинкой
(опубликован в сети ВКонтакте 8 марта)

Привет, зверята!

Я знаю, многие из вас одиноки. Особенно остро одиночество ощущается в праздничный день. Кругом море цветов. Но кому-то в этот день цветы не подарят. А кто-то подарить может, но ему некому их дарить. Это грустно. Но не безнадежно.

Вы уже не одиноки, потому что я с вами, ваша Тафти, ваша жрица. И я могу вам рассказать, как быстро найти свою половинку.

Если у вас кто-то есть на примете, идите и общайтесь вживую, смело, используя принципы, описанные в главе «Задание образа». Помните, манипулировать конкретными людьми с помощью косицы не получится. Вы не можете изменить свой сценарий, а чужой — и подавно. Если из живого общения толку не выходит, так же смело прекращайте общение — не ваш это человек, и он вам не нужен.

Если никого на примете нет, задайте себе абстрактный персонаж, подобно тому как задаете реальность. Сначала нарисуйте в воображении, каким он должен быть, этот персонаж, по своему вкусу. А затем, проснувшись (вижу себя и вижу реальность), активируйте косицу и задайте кадр, как вы встречаетесь и начинаете общаться.

После этого отправляйтесь куда-нибудь на прогулку: в торговый или развлекательный центр, на каток, в бассейн, на бульвар — туда, где бывает много незнакомых вам людей.

Не забывайте, что вы гуляете в кино. Время от времени активируйте косицу и снова задавайте кадр: «Моя половинка находит меня (или я нахожу свою половинку), и мы начинаем общаться».

На прогулке почаще устанавливайте внимание в центр и находитесь в состоянии осознания (присутствия) сколько сможете. Особо не напрягайтесь, стараясь удержать внимание в центре. Главное — почаще просыпайтесь от разных активаторов.

Что происходит, когда вы находитесь в состоянии осознания? Во-первых, для спящих вы как светлячок, вы им интересны, вы для них привлекательны. Во-вторых, в момент пробуждения (вижу себя и вижу реальность) вы открепляетесь от сценария. И если еще некоторое время находитесь в состоянии осознания, вы скользите по киноленòам, хоть это и незаметно, ни для вас, ни для окружающих.

Почему вы скользите? Потому что задали свой грядущий кадр, где вы встречаетесь со своей половинкой. Реальность должна привести вас на киноленту, где это реализуется. А еще вы скользите потому, что в состоянии осознания откреплены от своего сценария и свободно гуляете в кинокартине.

Так, время от времени задавая свой кадр и просыпаясь, вы гуляете живьем в кино и перемещаетесь по киноленòам так, что в определенный момент попадаете в подсвеченный кадр — на вашем пути встречается кто-то похожий на заданный вами персонаж.

Если он сразу не подойдет к вам, подойдите к нему сами. Неважно, какого вы пола — будьте смелей, ведь вы в сновидении наяву, а в сновидении все можно и возможно. Подойдите и спросите что-нибудь, например, «Привет. Ты видишь реальность?» Не забудьте только сначала (перед тем, как подойдете) войти в состояние осознания.

Постарайтесь в первые минуты общения удерживать состояние осознания, то есть общаться, видя данного человека и одновременно видя себя. Смотрите в глаза и улыбайтесь.

Что произойдет дальше? Дальше вы поймете, ваш это человек или нет. Он может сразу вас отшить. Или может сам заговорить так, что вам не понравится. Значит, вы ошиблись или реальность дала осечку — это не ваш звереныш или не ваша зверюшка. Не тратьте время на ложный персонаж — прощайтесь и отправляйтесь на прогулку дальше.

А главное, не берите в голову, что сразу не получилось, не отчаивайтесь. Вы — живой среди спящих, вы в своем сновидении, и вам все можно. Поэтому будьте смелее и не напрягайтесь, действуйте с уверенной легкостью, легко принимайте и легко отпускайте.

В конце концов ваш кадр будет реализован — найдете вы свою половинку. И это произойдет достаточно быстро, если будете меня слушаться и следовать приведенным здесь рекомендациям. Может, не сегодня, так завтра. Не завтра, так через неделю, это обязательно произойдет. Ведь вы же знаете, что косица работает?

Верьте мне и ничего не бойтесь, потому что я с вами — ваша Тафти, ваша жрица.

ПРИЛОЖЕНИЕ

Аватар Тафти

Когда подошел к концу первый сезон видео Тафти, многие угадали, кто исполнил роль Тафти. Не угадали только то, что эта роль была **не сыграна**. Тафти сыграть невозможно — уже проверено. Точно так же невозможно написать книги «Тафти жрица» или «Жрица Итфат» без самой Тафти.

На репетициях у Татьяны Самариной ничего не получалось. И только когда наступил момент съемок набело, мы увидели **настоящую Тафти**. Было такое чувство, что сама Тафти пришла и вошла в Татьяну, как в аватар. Вся наша съемочная команда была буквально ошеломлена таким феноменом.

Все время, пока шли съемки, нас не покидало ощущение, будто мы участвуем в каком-то магическом ритуале, причем настоящем, не разыгранном. Уже отснятое видео не может передать всей той атмосферы, в которой мы пребывали, как в священнодействе. Смотрели на Тафти, как зачарованные. Да и сама она, похоже, находилась в некотором трансе.

Почему такое возможно? Потому что Тафти — не выдуманный персонаж. В X веке до нашей эры она была жрицей храма Изиды в Египте. Известны даже годы ее жизни: 970–911 гг. до н. э. Возможно, где-то в древних рукописях сохранились сведения о ней, но у меня нет доступа к подобным источникам. Все, чем я располагаю, это канал Тафти, по которому и приходит информация.

У нет меня вербального контакта с Тафти, я не могу с ней разговаривать. Но есть контакт эмоциональный. Например, я знаю, что она очень волновалась перед выходом в свет по поводу того, как ее воспримут. А сейчас переживает, если сталкивается с непониманием или неприятием. Каким же способом она передает информацию, мне самому неведомо. Это тоже некий транс.

И обе книги («Тафти жрица» и «Жрица Итфат») писались в трансе. Одним лишь своим разумом я бы не смог создать ничего подобного. Я смотрю на эти книги, и у меня четкое ощущение, что они написаны не мной.

Пока это все, что мне позволено сообщить о Тафти. Главное — она и сейчас каким-то непостижимым образом **существует**. Реально. В какой именно форме и в каком мире, даже не берусь предполагать. Такие вещи лежат вне нашего понимания и восприятия.

У кого-то может возникнуть вопрос: почему Татьяна? Ответ — потому что Тафти ее сама выбрала.

Актриса на эту «роль» не годится. Это не просто роль. Требуется еще способность проводить и доносить Знание. А еще потому, что они в чем-то похожи, между ними есть что-то неуловимо общее. У Татьяны связь с Тафти проявляется даже сильнее, чем у меня. Это факт.

Я получаю информацию по каналу Тафти, а Татьяна служит связующим звеном, по которому Тафти может контактировать с нашим миром. Когда Татьяна входит в состояние Тафти, Тафти входит в нее, и Татьяна становится своего рода ее воплощением — **аватаром**.

Хотя в жизни Татьяна совсем другая, о чем можно судить хотя бы по снимкам в ее Инстаграме @tatiana. samarina. Но и Тафти тоже бывает разной. Ее характер лучше всего проявлен в книге «Жрица Итфат».

Так что, когда вы видите ответы на вопросы ВКонтакте, это отвечает не Татьяна, а сама жрица. Потому что Татьяна это делает **в состоянии Тафти**. Иначе и не получится.

ВКонтакте, по моим наблюдениям, уже образовалась большая и приятная компания. Наверное, именно по той причине, что есть уникальная возможность общаться как с единомышленниками, так и с самой жрицей.

В Facebook своя специфика, там много иностранцев и языковой барьер. Но почему-то наибольшую активность проявляют арабы. Образ Тафти производит на них какое-то особенное впечатление, и они выражают бурное восхищение. Что-то давно забытое, родственное, что ли, чувствуют?

Сокрушаются только, что язык непонятен, гугль-перевод, конечно, очень далек от оригинала. Ну, скоро уже дождутся, наверно, своих книг Тафти-Итфат, потому что Трансерфинг на арабском издан и пользуется в Арабском регионе большой популярностью.

В общем, Тафти-Итфат — **весьма непростая особа**, и она еще себя покажет. Так же и **аватар Тафти** — очень серьезное и удивительное явление. Ну а кто уже успел испробовать техники Тафти на своем опыте, те в восторге. Как говорится, «что и требовалось доказать». Хотя кому-то что-то доказывать мне совсем ни к чему.

Интервью с автором по книге «Тафти жрица»

Расскажите более подробно о том, как возникла идея книги, как она «рождалась»?

Я ничего не измышляю и не «рождаю». Знание приходит само, не спрашивая. Точнее, входит в тебя, когда твой разум прекращает свои измышления.

Сколько вы работали над подготовкой книги? Сложно ли было работать над книгой?

Сложно — мягко сказано. Мой интеллект еле вытягивал то, что требовала от меня книга. Поэтому работа в целом заняла три года.

Планируется ли продолжение книги?

Да.

О чем новом читатели узнают, прочитав книгу?

Получат новое мировоззрение, новый взгляд на реальность и на положение людей в ней. Получат новые техники управления этой реальностью.

Чем она может быть полезна читателям?

Значительно облегчит, упростит жизнь и повысит качество жизни. Поможет реализовать труднодостижимые цели.

Знания и техники, изложенные в книге, в каких областях жизни можно использовать?

В любых.

Знание, которое несет Тафти, чем-то принципиально отличается от Трансерфинга или это его обновленная, «расширенная версия»?

Техники Тафти представляют собой существенное дополнение и новый, высший уровень Трансерфинга — именно то, чего все так долго ждали. Техники Тафти разрубают одним махом многие гордиевы узлы, с которыми не мог справиться даже Трансерфинг. Например, проблема поиска своей цели, миссии у Тафти решается очень просто.

Книгу «Тафти» можно рассматривать как дополнение к теории Трансерфинга, как принципиально новое его видение или как отдельное Знание?

По мере того как реальность меняется, Знание выстраивается так, чтобы войти в соответствие с этой реальностью. Например, если люди и раньше плохо владели своим вниманием, то у людей, привязанных к гаджетам, функция внимания вообще полностью расстроена, они живут буквально как во сне. Техники Тафти предназначены для того, чтобы вытащить людей из сновидения наяву.

Знание Тафти не отменяет Трансерфинг, а сохраняет его преемственность, во многом пересекается, а в некоторых вещах совпадает. Трансерфинг можно рассматривать как начальную школу, а Тафти как высшую. Это уже высший пилотаж управления реальностью.

Какие рекомендации вы можете дать тем, кто читал все Ваши книги, раскрывающие теорию Трансерфинга: использовать теперь только практики, которые предлагает Тафти, или совмещать?

Как вам больше нравится. Если вы не просто пробежались бегом по книгам, а поняли, уяснили принципы, то вам не составит труда сообразить, что и как делать. Но совмещать так или иначе придется, потому что в книгах Тафти охвачены не все темы, которые освещены в книгах по Трансерфингу.

Если же испытываете какие-то затруднения, записывайтесь на тренинги Татьяны Самариной, она в достаточной полноте владеет всеми вопросами. К тому же она на своих занятиях дает то, чего нет в книгах.

Для начала попробуйте хотя бы онлайн-тренинги. Ну а тренинги вживую, пожалуй, интересней и продуктивней. Это как в боевых искусствах, не все можно освоить по книгам. Здесь еще существенную роль играет коллективная практика. В данном случае вы напрямую подключаетесь к маятнику Трансерфинга, и он ведет вас и вправляет вам мозги как надо (https://tserf.ru).

Можно ли утверждать, что техники, которыми делится Тафти, эффективнее, чем техники Трансерфинга из Ваших предыдущих книг?

Это все равно что пересесть с «запорожца» на «мерседес». Здесь все гораздо проще, легче, мощнее. Плюс к тому — в мировоззрении и техниках Тафти появляются принципиально новые вещи, о которых я сам раньше и не подозревал.

Как вы считаете: можно ли читателям начинать знакомство с теорией управления реальностью с книги «Тафти», не читая Ваших предыдущих книг по Трансерфингу?

Можно, только наверняка не все будет понятно. Когда я говорю, что техники Тафти проще, чем техники Трансерфинга, это не означает, что их так же легко понять. Если поймете, будет легко. Поэтому лучше сначала освоить начальную школу — базовые принципы и мировоззрение Трансерфинга. Тафти, повторяю, это тот же Трансерфинг, но уже высшая школа.

Книга «Тафти» больше рассчитана на опытных практиков или ее могут читать даже те, кто с теорией Трансерфинга не знаком?

Не говорите мне про опытных «практиков». Многие читали, но очень немногие реально используют Трансерфинг. Тафти во всех смыслах **практичней**, она записывает вас в конкретные алгоритмы следования: делай раз, делай два. Если будете следовать, все получится.

Для лучшего понимания техник было бы очень полезно прочитать еще и художественную версию Тафти

(«Жрица Итфат»), где сложные вопросы раскрываются в свободной форме. Не говоря уж о том, что рассказанная там история несомненно вас увлечет. Мне самому, пока книга («Жрица Итфат») писалась, (подчеркиваю, она сама писалась, не я ее выдумывал), было очень интересно ее **читать**.

Тафти говорит, что три тысячи лет назад была жрицей храма Изиды. А кто она сейчас?

Не могу вам сказать, пока сама Тафти не сочтет это нужным. Могу лишь гарантировать, что это не выдуманный персонаж, она и сейчас реально существует в том виде, какой была когда-то, только не в нашей с вами реальности.

Вопрос, существует или не существует, и в какой форме, на самом деле очень сложный вопрос — для нас с вами, по крайней мере. Мы способны воспринимать лишь небольшую часть реальности, а потому многое просто недоступно нашему пониманию.

Из того, что понятно и известно мне, имею возможность сообщить только следующее. Тафти умеет **проявлять себя** и в материальной действительности. Через меня или через Татьяну Самарину, например.

Знание, которое вы передаете в книге, пришло к вам по каналу Тафти. Вы писали, что поначалу усомнились в достоверности этого канала. Можете рассказать подробнее, что это за канал, и как узнать, можно ли ему доверять?

Я не знаю, что такое канал, и не могу дать ему описание. Если кто-то знает, что такое ченнелинг (англ.

Channeling), и может это как-то описать и обосновать, обращайтесь к ним. Я не знаю. По моим ощущениям, информация просто входит в тебя сама, когда ты на нее настраиваешься, когда ухватываешься за какую-то ниточку в информационном поле и начинаешь ее постепенно вытягивать.

Настроиться трудно. Настройка происходит самопроизвольно, но лишь тогда и при условии, что разум прекращает сам генерировать свои идеи и мысли. Это не остановка внутреннего диалога или монолога, а нечто другое. Похоже больше на то, когда разум перестает нести отсебятину, а **позволяет** прийти чему-то извне и начинает это через себя пропускать. Объяснить более внятно или научить этому не могу.

Ну а установить достоверность очень просто. Верить следует только тому, что реально работает.

Будет ли работать Знание, которое передает Тафти, если человек до конца в него не верит? Или он должен на 100% принять все ее слова?

Кто не поверит, тот может и не попробовать даже. Но если попробует, тогда сам убедится. И это правильно. Мы верим лишь в то, что реально происходит. Так что не верьте, а сначала делайте. Поверите потом.

Какая главная миссия Тафти в нашем мире — помочь людям пробудиться, передать им Знание о реальности?

Вы сами ответили на свой вопрос. Я повторюсь, люди сейчас конкретно спят наяву, сами того не понимая. Когда вы это проверите на своем опыте, по технологии Тафти, вы будете крайне удивлены.

Что такое косица намерения? Абстрактный образ, который помогает работать с намерением, или вполне реальное энергетическое образование, часть нашего тонкого тела?

Да, вполне реальное энергетическое образование. Правда, атрофированное, поскольку не используется. У всех может быть по-разному, в большей или меньшей степени. Но косицу можно развить, разработать.

Встречаются люди, у которых есть дар от природы. Такие говорили мне или писали, что стоило им узнать о Трансерфинге, как этот дар у них проявлялся, и после этого начинало происходить буквально «все как я хочу». Каким образом у них это получается, они толком и сами не знают.

А вы способны развить у себя этот дар осознанно. На самом деле дар как потенциальная возможность имеется у каждого. И если у вас он заблокирован, то теперь можете его разблокировать. Тафти рассказывает, как это сделать.

Можно ли провести аналогию между терминами из вашей новой книги и из предыдущих? Например, целевой слайд — это кадр киноленты, который мы подсвечиваем своим вниманием из момента здесь и сейчас. А сама кинолента — это линия жизни, которую можно менять, научившись управлять реальностью?

Да, аналогия прослеживается. Только подсвечиваем не вниманием, а намерением, через косицу. Это две большие разницы: внимание и намерение. Косица является связующим звеном между вами и целевой кинолентой, а также своеобразным усилителем вашего намерения.

И с Тафти вы учитесь не управлять реальностью, а именно задавать реальность.

В чем различия между «управлять реальностью» и «задавать реальность»?

Недостаток Трансерфинга состоит в том, что, когда вы стремитесь (так или иначе, стремитесь) управлять реальностью, вы все время скатываетесь в управление материальной действительностью, то есть уже свершившейся реальностью. Вы не можете изменить то, что уже свершилось.

Кажется, я уже где-то говорил о том, что на самом деле реальностью управлять невозможно, в том смысле, что вы не можете **изменить** реальность, ни в текущем кадре, ни даже на текущей киноленте. Но вы способны задать течение грядущей реальности, подсвечивая надвигающийся кадр на другой киноленте.

Так вот, Тафти устраняет эту путаницу. Ее мировоззрение и техника вправляет вам мозги таким образом, что вы перестаете скатываться в управление реальностью текущего кадра, а начинаете действовать правильно уже чуть ли не автоматически, следуя алгоритмам. Если, конечно, станете выполнять рекомендации Тафти.

Техника управления вниманием и техника включения Смотрителя — это не одно и то же? В чем техника управления вниманием более эффективна?

В Трансерфинге, надо признать, дается лишь поверхностное представление о том, что такое внимание и как, а главное, зачем им управлять. В художественной версии Тафти («Жрица Итфат») данный вопрос освещен даже более полно, чем в книге «Трансерфинг реальности».

Техника управления вниманием у Тафти — это даже не техника, а технология. Данная технология запирает вас в алгоритмы и **заставляет** просыпаться, хотите вы или не хотите, можете или не можете. Если вы начинаете следовать алгоритмам, как рекомендует Тафти, у вас нарабатывается соответствующая привычка.

Почему алгоритмы? Потому что вы находитесь в глубоком сне и напрочь позабыли о своем внимании, не говоря уж о навыках управления им. Разблокировать внимание современного человека, погруженного во всевозможные экраны, можно только путем многократных повторений одного и того же, следуя четким алгоритмам.

Ранее вы всегда подчеркивали, что никого не призываете следовать за вами, никому не навязываете теорию Трансерфинга, и каждый человек сам делает выбор: прислушаться или пройти мимо. Почему в книге Тафти открыто приказывает всем ее слушаться?

Она имеет на это полное право, потому что стоит намного выше нас всех и меня в том числе по уровню своего развития. А вы имеете полное право не прислушаться и пройти мимо. Это ваше дело.

Тафти говорит, что оказывает нам большую честь, разговаривая с нами. Но почему мы должны ее слушать? Кто она и почему наделяет себя такой властью?

А вы и в самом деле думаете, что она это делает всерьез? Иронии не заметили? Вообще глубоко спите, значит.

Почему Тафти использует надменный и даже агрессивный стиль, называет людей «мои маленькие уродцы и уродицы», «идиотики», «безмозглые идиотики», «вот такие вы уродики, неполноценные» и др. Разделяете ли вы эту позицию Тафти, считаете ли такой стиль обращения к читателям необходимым?

Агрессивный и надменный стиль — это только у вас в головах. Здесь либо проблемы с чувством юмора, либо другие проблемы, как чувство неполноценности, например, либо, с таким же успехом, чувство собственной важности. Вы что, на полном серьезе относите сии «оскорбления» на свой счет? Разберитесь сначала с собой, что вы там на себя отзеркаливаете, на чем рефлексируете.

Почему Тафти говорит о том, что люди должны ей подчиняться, восхищаться и любоваться ею? Разве это не создает деструктивный маятник?

«Я вам и так оказываю большую честь, проводя столько времени с вами, мои недостойненькие. Пользуйтесь моментом, любуйтесь мной, хвалите меня, льстите мне — я Тафти, ваша Верховная жрица!»

«Я Тафти, ваша Владелица, — что хочу с вами, то и делаю».

«Смотрите у меня, я Тафти — ваша жрица. Будете терпеть мой деспотизм».

«Деспотизм» здесь чисто ироничный. Вам не приходит в голову, что это один из методов Тафти вас разбудить, растормошить? Вон вы как проснулись! Аж проняло вас. Хотя проснулись, конечно, лишь на мгновенье, чтобы высказать эти свои претензии. Работы вам над собой — еще непочатый край.

Вы раньше говорили, что если Трансерфинг и является маятником, то это маятник безобидный. Не считаете ли вы, что Тафти — это уже маятник отнюдь не безобидный?

Если не отличаете общество осознанных индивидов от секты, на которую здесь намекаете, значит, еще не доросли до уровня Тафти. Значит, надо Трансерфинг заново перечитывать. Начальную школу заново проходить надо.

Не противоречит ли «Тафти» постулатам Трансерфинга о том, что мир — это зеркало, и все, что мы передаем в мир, возвращается к нам бумерангом? Зачем Тафти транслирует энергию надменности и агрессии, когда в мире и так достаточно негатива?

Повторяю, зеркало — у вас в голове, прежде всего прочего. Вы на себя в зеркало посмотритесь. А может, и говорите такое именно потому, что смотритесь в свое зеркало.

Зачем Тафти озвучивает угрозы в адрес читателей, например, обещает отрубить голову, превратить читателей в слизней и т. п.? В чем смысл ее угроз в книге? Как совместить с принципами Трансерфинга это и то, о чем говорится в книге?

«А если так и не поймете, велю вам всем отрубить головы. Не нужны мне такие!»

«Приколола бы на ватман, как вредных насекомых, или закатала бы в банку с формалином, всем прочим существам в назидание».

Если вы и в самом деле принимаете все это всерьез, если для вас это угрозы настоящие и вам не весело, а, напротив, зломрачно, тогда мне ничего не остается как присоединиться к Тафти и уже всерьез сказать, что вы полные идиотики. А в Трансерфинге уж точно ничего не смыслите.

Тафти говорит: «кроме меня вас никто не любит» — но ведь это изначально неверное утверждение, так как, во-первых, каждого человека любит Создатель, а во-вторых, у всех есть родители, дети или другие близкие люди.

Здесь опять же ирония, однако и значительная доля правды присутствует. Может, близкие вас и любят, но этого далеко недостаточно, согласитесь. Очень многие в этом мире одиноки, несчастны, озлоблены.

А любит ли вас Создатель — неизвестно. Его никто об этом напрямую не спрашивал, а Он никому этого вот так напрямую не говорил. Вы почитайте Евангелия от разных источников, там даже Иисус Христос, который, как принято считать, всех нас любит, ни к кому с особой любовью не обращается, а, напротив, обращается довольно жестко, уж пожестче, чем Тафти. Не мне, конечно, судить о Его любви, но Он там ни с кем не церемонился и не нянчился, если верить источникам.

Тафти, наоборот, нянчится с вами и уж точно не пришла бы к вам, если бы вы не были ей по-своему дороги.

В книге видны два стиля написания: агрессивные призывы Тафти и стиль, который был в прошлых книгах. Значит ли это, что там, где агрессивный стиль, — это «говорит» Тафти, а остальное — это текст автора?

Трансерфинг пришел по каналу Смотрителя, а техники Тафти — по каналу Тафти, отсюда и разница. Но, повторяю, никакой агрессии там нет и в помине. Специфика, да, присутствует. А что же вы хотите от жрицы, которая вообще не из нашего мира?

Общее во всех книгах — это стиль автора, от этого никуда не денешься, потому что разум в любом случае все пропускает через себя и излагает на своем языке. Но поверьте, отсебятину тут гнать не удастся. Вы сами попробуйте выдумать нечто подобное тому, что описано в художественной версии или версии нонфикшен. Выдумать не получится, не выйдет.

Даже писатели фантасты сами ничего не фантазируют — все приходит из информационного поля. А Знание и подавно так просто не дается. Требуется немалый труд, чтобы его еще понять, а потом еще многократно перепроверить на своем опыте.

Вадим Зеланд

Ссылки

Авторский сайт (там же подписка на рассылку): http://zelands.ru

Канал на YouTube: «Тафти Итфат»

ТАФТИ в сетях:
https://www.instagram.com/tufti.itfut
https://vk.com/tufti.itfut
https://www.facebook.com/tufti.itfut

Сайт Тафти: http://tufti.ru
Татьяна Самарина: @tatiana.samarina
Трансерфинг Центр: https://tserf.ru

Научно-популярное издание

Зеланд Вадим

О ЧЕМ НЕ СКАЗАЛА ТАФТИ

Подписано в печать 29.11.2018.
Формат 60 × 90 $^1/_{16}$. Печ. л. 15. Тираж 20 000 экз. Заказ Е-3273.

Налоговая льгота — общероссийский классификатор продукции ОК-005-93, том 2;
953250 — литература по философским наукам, социологии, психологии

Издательская группа «Весь»
197101, Санкт-Петербург, а/я 88.
E-mail: info@vesbook.ru

Посетите наш сайт: http://www.vesbook.ru

Вы можете заказать наши книги:
по телефону: 8-800-333-00-76
(ПО РОССИИ ЗВОНКИ БЕСПЛАТНЫЕ)

Отпечатано в типографии филиала АО «ТАТМЕДИА»
ПИК «Идел-Пресс».
420066, г. Казань, ул. Декабристов, д. 2